Wolfgang Sieg

Wahnsinnige Geschichten

aus
Blutfleck auffe Häkeldecke,
Schön leise sein bein Hilfeschrein
und Der wahnsinnige Rhabarber

Quickborn-Verlag

Die Schreibweise des Autors ist unverändert übernommen worden.

ISBN 3-87651-217-4

Umschlaggestaltung: W. Martens, Hamburg
Gesamtherstellung: Clausen & Bosse GmbH, Leck
Der Umwelt zuliebe
auf chlorfrei gebleichtem Papier gedruckt
Printed in Germany

Inhalt

Schön leise sein bein Hilfeschrein

Der wahnsinnige Rhabarber

Blutfleck auffe Häkeldecke

Betrug

Ich geh neulichs übern Rathausplatz, da seh ich 'n Menschenauflauf. »Ach«, denk ich, »wieder 'n Verkehrsunfall oder die Heilsarmee spielt, gehst mal hin.«
An' Rathausplatz ist immer was los. Einmal, damals noch bei de Bauarbeiten, da ist mitmal der Kran runtergekomm' und ne Hausfrau auffen Kopf. »Son Tod möcht ich auch mal ham«, hab ich damals nachn Mittag zu meine Frau gesagt, »fast so wie Herzschlag. Eh was merkst, bist auch schon übern Jordan.«
Als ich bei den Menschenauflauf war, stehn die so dicht, nicht durchzukomm'! Ich kuck auffen Trottoahr, ob da vielleicht ne Blutspur längsläuft. Naja, ich drängel mich durch und schimpf dabei immer ganz laut, als wenn die annern mich von hinten schubsen. Und so komm ich denn ganz nach vorne, und da krieg ich aber erst 'n Schreck! Steht da sonne Art Haublock, wie zun Holzhacken, und davor zwei Kerle mit lange Klu-Klux-Klan-Masken, bloß mit zwei Augenlöcher, aber alles in Rot. Genau wie in de historische Farbfilme, wie da die ... Mensch, das sind ja welche! Richtige Henker sind das! Jetzt seh ich erst die Axt mit den langen Stiel! Nu ist ja auch klar, warum da noch son Kerl mit bloßen Oberkörper und mit auffen Rücken gefaltete Hände vor den Block kniet! Genau wie in den historischen Film ›Die Liebe des Henkers‹, bloß daß da vor den Block ne Frau gekniet hat, aber auch mit bloßen Oberkorper.
»Was soll denn das?« frag ich ein' von meine Nachbarn, die schon vor mir da warn.
»Weiß auch nicht«, sagt der, »ich hab erst gedacht, irgend-

sonne politische Partei macht da Propaganda, aber die sagen ja nix!«
»Das sind Sadisten«, sagt 'n annern, »die spieln sowas bloß, nix Ernstes.«
»Der vor den Block ist wahrscheinlich 'n Masochist«, sagt 'n annerer. Son kleinen dicken Kerl faßt die Axt an und hält den Daumen auffe Schneide, dann sagt er:
»Ist ganz echt. Solinger Wertarbeit. Kann einer sich mit rasiern!
Und die Perversen ham bloß bronzierte Gummiäxte, und darum glaub ich, daß das Normale sind.«
»Glaub ich auch«, sagt da son Taxifahrer, »und ich glaub, das ist 'ne Bevölkerungsinitiative von Volksgenossen, die sich noch ihr normales Rechtsempfinden aufbewahrt ham.«
»Richtig!« schreit da einer hinter mir, »und das wurde auch mal wieder Zeit! Unser Volk verweichlicht ja richtig! Immer diese Unechtheiten in' Fernsehn. Wir ham den Sinn für de Natürlichkeit schon ganz verlorn! Die Menschen in' Mittelalter warn uns auf diesen Gebiet weit voraus!«
Inne Zwischenzeit hat einer vonne Maskierten sich neben den Gefesselten gestellt und legt ihn den Kopp auffen Block, der annere langt sich de Axt. Hinter mir fängt ne Frau an zu kreischen. Aber da ist se richtig.
»Wenn Se sowas nicht abkönn', was wolln Se denn hier!« sagt der Taxifahrer, »wir ham damals in Rußland ganz annere Sachen zu sehn gekriegt.«
Da ist die Frau ruhig gewesen. Son jungen Kerl stößt mich mitten Ellenbogen inne Seite. Ist ganz aufgeregt.
»Warum der Verurteilte wohl nicht abhaut?« sagt er, »oder zumindest könnte er ja um Hilfe rufen?«
Da dreht sich son Alter um und sagt:
»Warum, was mein' Sie, ist wohl de Polizei noch nicht eingeschritten? Na? Weil das nämlich 'n staatlich genehmigten Versuch ist! Auffen Gebiet vonne Pädagogik ham se de

Schulversuche, und dies ist eben ’n juristischen Versuch, ausse neue Strafrechtsreform! Der Delinkwent ist rechtskräftig verurteilt.«
»Klar«, schreit einer, »sonst hätt er sich das nicht gefalln lassen!«
»Aber das geht doch nicht ...«, fängt da jemand an, noch ’n ganz Kleiner, mit ne Schultasche untern Arm, aber hätt man lieber ruhig bleiben solln!
»Für Kinder ist das nix!« fangen die Leute gleich an, und denn ham se ihn weggedrängt, aber er hat sich gewehrt und geschrien: »Das kann man doch nicht machen!«
Die Leute ham mitten Kopf geschüttelt und über den Disziplinmangel bei de Jugend geschimpft, und daß die kein Recht und Gesetz mehr anerkenn’ und wo das mal enden soll.
»Wenn du dich da einmischst, Bürschchen«, hat einer immer geschrien, »denn ist das Widerstand gegen die Staatsgewalt, aber das macht euch ja nichts!«
Naja, dann ham se den Kleinen bischen geknufft, und so ist wieder Ruhe gewesen.
Als einer vonne Maskierten denn mit ne Armbewegung, daß wir alle ’n bischen zurücktreten, sonst kann er nicht ausholn mitte Axt, ham wir das auch gemacht. Und dann hat er de Axt hoch übern Kopf und ... und als wir alle nochn Aten anhielten, da hat er sie runtergenomm’, sich de Maske ab, sein Kollege auch, und da waren das so junge Kerle mit Bart, genau wie der auffen Haublock, und der hat auch sein’ Kopf hoch und gesagt:
»Das ist ein Häppening!« Und alle drei haben gegrinst.
»Was ist das?« hat der Taxifahrer geschrien.
»Ein Häppening ist so eine Art Spiegel, es dient der Selbsterkenntnis«, sagt einer vonne Burschen.
Und die Leute: »Quatsch ist das! Alberei ist das! Uns so de Zeit zu stehln!«

»Mir sind drei Fuhren durche Lappen gegangen!« fängt der Taxifahrer wieder an, »dafür mach ich euch haftbar!«
»Sowas! Mit so ernste Dinge ihrn Spott zu treiben!« schrein de Leute, und: »Anzeigen! Anzeigen! Wegen Erregung öffentlichen Ärgernisses!« Und wollten auf de Burschen los. Mit knapper Not sind die weggekomm', wenigstens de roten Kapuzen ham wir noch zerrissen, warn aber bloß aus Papier. Ist ja auch klar, daß de Leute so ... da wartet man ... und denn passiert nix! Und zun Schluß de Ausrede mit den Häppening! Ich hab in' Wörterbuch nachgeschlagen. Und da steht, daß Häppening ist, wo was passiert, aber ist ja nix passiert, und das ist doch wohl 'n Betrug, nicht?

Spiritismus

Mein Freund Günther ist verheiratet. Klar, sowas macht jeder mal durch, aber wie der mit seine Alte angibt! Daß sie aus ein' guten Haus, und ihr Vater wär Beamter, und hätten sogar 'n Klavier in' Wohnzimmer, und ausse Glotze sehn sie nur de dritten Programme, und de Schwiegermutter, also, beschäftigt sich mit Wissenschaft! Und ob ich mal mitkomm. Erst dacht ich, das ist sonne Art Sekte, weil die machen das auch so. Erst immer mit bei sich nach Hause, und da lutschen se ein' an, ob man nicht bei ihrn Laden mitmachen will.
Ich denn auch, daß ich keine Zeit, und er, daß das keine Sekte, und sowas von interessant, und daß die Alte original Geister beschwörn kann und echt wissenschaftlich! Gut, ich mit. Wohnten inne Talstraße. Als Günther und ich inne Tür rein, warn schon paar Leute da. Bekannte. Und ich überall: Flosse hin und: Gestatten! Richtig ein' auf vornehm. Und Günther seine Schwiegermutter: daß ich auffe Kautsch gleich neben den Gummibaum, da ist noch Platz, und sie muß

bloß noch eben den Tisch leerräumen, denn fängt se an mitte Sitzung. Hat denn auch zwei Gläser von Mammelade und ne Margarineschachtel und halbes Feinbrot auffen Tablett rauf und ist inne Küche, und als se zurück: Radio an. War nichtmal stereo! Hat lange gesucht, aber warn bloß die Oberkrainer auf und Heino, und auffen NDR: Nachrichten. Und sie, daß das nicht zu de Stimmung paßt. Und Licht aus. Hat man knapp noch gesehn, daß auf den Bild anne Wand 'n Hirsch war. Und denn sie, daß wir um' Tisch rum, und könnten den Gummibaum ja anne Seite, und sollten uns de Hände geben und konzentriern. Also, neben mir son alten Daddel, und sollte ich anfassen, richtig peinlich. Klar, daß ich denn feuchte Flossen. Und die Alte denn, daß das mit den Konzentriern noch nicht klappt, und noch mehr! Und der alte Daddel: Moment mal eben, Entschuldigung, und wischt sich mit ein' Gesicht seine Griffel anne Jacke ab, daß ich mich wegen meine feuchten Flossen schämen soll! Also, hätt nicht viel gefehlt, und ich hätt ihn sein' Schnüffelzinken nach inn' gebügelt. Aber da die Alte, daß ich ein' Geist, also was für ein Geist ich will, daß er hochkommt, und in' ersten Schreck: Adenauer!
Weil meine Mutter, die hat ihn mal bei sonne Wahlversammlung richtig die Hand gedrückt, und sind ihre Krampfadern von weggegangen, und hat ihn darum auch immer gewählt; und bei de Wahlversammlung hat er ihr auch nochn Bild von sich geschenkt mit hinten raufgeschrieben: ›Die Lage war noch nie so ernst.‹ Und wenn sie mal Kopfschmerzen oder was mitten Magen wegen ihre Verdauung: sie sich immer vor'n Schrank vor das Bild und das angekuckt, und hat auch immer geholfen. Einmal sogar bei ne verschluckte Fischgräte! Und die Alte: daß der Geist von Adenauer, daß der nu zu uns in unsen Kreis. Und tatsächlich: aussen Gummibaum leuchtet das so komisch, und denn zwischen de Blätter ganz deutlich: das Gesicht von ihn!
Und wir: sowas von fertig! Und endlich der Daddel: 'n

Abend! Und der Adenauer auch: 'n Abend! Und denn wieder Sendepause! Was sollst auch sagen? daß seine Partei nicht mehr anne Regierung ist? Willst ihn doch nicht kränken! Wo doch bei seine Regierung schon de Zeiten so ernst warn wie noch nie. Er denn nochn paar Minuten gekuckt, und wir auch nix gesagt. Und denn hat er nochmal genickt und war weg. Ich mein, ist ja eigentlich nicht doll, nicht? Wenn er doch nix sagt, hätt ich ja genau so gut das Bild ankucken können. Inne Glotze war jedenfalls mehr los gewesen: Tatort! Hab ich mich denn auch echt geärgert!

Konsumzwang oder was

Wenn ich aus son historischen Film komm, und ich denn nach Hause, also, bin ich immer noch wien Ritter auf sein Pferd. Unne Rüstung blitzt inne Sonne, und ich mein Schild mitten Wappen hoch. Und wenn die Burgfräuleins das sehn, immer: »Oh, da ist ja Ritter Wolfgang mit seine beiden roten Löwen in' Wappen!« Und zu ihre Knappen, daß se de Zugbrücke runter, und wolln mit 'n Becher mit roten Wein ausgeben. Klar, daß ich denn auch mit mein Roß über de Zugbrücke donner, wenn ich auch, also, wenn ich roten Wermut, wird mir ganz schlecht, weil wir damals bei meine Kusine ihre erste Verlobung, da hatten die 40 Liter von den Kram, bei Perlemann lose gekauft und inne Demijongs abgefüllt, für siebzig Pfennig der Liter, und hat geschmeckt wie Lippenstift in Petroleum aufgelöst, und hatte noch 14 Tage hinterher diese Sehstörungen. Naja, ich jedenfalls neulich den neuen Katalog von unsen Versandhaus auf, und seh ich mitmal dieses Wappen mitte zwei roten Löwen auf blauen Samt, und alles zusammen auf sonne Art Schild, sah aus wie son altes Leder, hält aber viel besser weil das aus Kunststoff! Und bloß 29,90 als Sonderangebot!

Mit diesen Schild fing das an, und denn ham wir de Eichenbalken aus Styropor unter de Decke. War ganz leicht anzukleben wegen ihren geringen Gewicht, und sieht ja auch Klasse aus zu de weiße Rauhfasertapete, daneben denn de Lampen und Garderobenhaken aus Hirschgeweihe, auchn Sonderangebot, da unter de gekreuzten Türkensäbel! Ja, und denn ham wir noch vonne Kepa dies altdeutsche Eckbord mit de Zinnteller auf, also, original so eingerichtet wie de alten Ritter! Sogar de Fernsehtruhe: echt antik! Die Krone war natürlich unse echt gotische Madonna, die ich neulich auffen Fischmarkt, und wollte noch son Bärenfell anne Wand, neben de Gummibäume, da kommt Norbert, also, sozusagen der Neffe von meine Frau zu Besuch. Klar, daß ich ihn unse Einrichtung erklärt und dassas Altdeutsche, sowas von Wertbeständigkeit gibt das gar nicht, und ist ja auch irgendwie zeitlos. Und er, daß er das Spinnrad inne Ecke vermißt und de Ritterhelme als Blumenübertöpfe, und bei Karstadt gibt das 'n Bild mit son' dicken Mönch auf mitten Becher Wein, und heißt ›Bruder Kellermeister‹, das würd hier auch reinpassen, zun Beispiel über den Kamin mitte elektrische Holzbohln! Also, erst hab ich gedacht, er will mich durche, na, weißt schon, was ich mein, ziehn, aber hat nicht mitte Wimper gezuckt. Naja, ist wohl auch vernünftiger geworden, aber früher hättst ihn mal hörn müssen! Zun Beispiel, als wir unsen Fondü'-Sett mitte rustikalen Steingutteller, er gleich mit sein Konsumzwang, und auch als wir de Eichensessel mitte geschnitzte Lehnen und englischen Lein'bezug, also, soll alles Konsumzwang gewesen sein! War echt ne Meise von ihn! Hatter aber alles bloß aus seine Bücher! Und grade Norbert soll mal ganz ruhig mit sein' Konsumzwang, wo er jeden Monat neue Bücher und noch nichtmal mit wertbeständigen Halbleder! Nee, er alles bunte Taschentücher! Jedenfalls passen zu keine Tapete? Ich mein, so ein Geschmack, und denn herkomm' und über mein' Konsumzwang herziehn!

Blutfleck auffe Häkeldecke

Mein Freund Werner sein Nachbar, also, hat echt ein Verhältnis zu seine Scholle, und mein ich sein' klein' Garten mit. Werner sagt, also, sowas von Andacht, wenn der mit seine großen Hände de klein' Stiefmütterchen einpflanzt oder das Maulwurfsgift auslegt, also, ist man als modern' Menschen richtig gerührt von, und laufen ein' de Trän' de Backen runter. Werner sagt, sein Verhältnis zu de Natur, also, ist auch irgendwie, wie sonne Art Gottesdienst ohne Klingelbeutel, und er glaubt auch, daß Gott inne Natur, zun Beispiel inne Blätter vonne Pflanzen, und früher, sagt Werner, wenn er da mal in Wald ein menschliches Bedürfnis, also, kann er heute gar keine Blätter mehr zu benutzen, weil Gott da vielleicht in ist und ist für ihn denn ja echt ne Beleidigung.

Neulich hat Werner mal bein Spaziergang, wie ein Besoffenen inne Bismarckanlage Blätter vonne Bäume runter, und kannst dir gar nicht vorstelln, wie Werner auf ihn los, also, hat ihn das halbe Gesicht weggehaun in seine Andacht. Und kommt alles von den Einfluß von diesen Nachbar. Aber auch in seine Wohnung, sagt Werner, daß du da von' Fußboden essen kannst, also ist in Bohnern schlimmer als 'ne Frau. Und auf sein' Tisch inne Wohnstube: Häkeldecke! Hat er selber gemacht. Und Kuchen backt er auch. Also, hat Werner natürlich zuerst, ob der Knabe vielleicht ein' von diese falsch Gepolten ist oder was, weil er ja auch mit Fraun nix losgemacht hat, aber er zu Werner: daß er sein' Garten hat mitte Blumen, und unterhält er sich sogar mit, und den starken Duft vonne Erde, also, das genügt ihn schon. Klar, daß Werner, also, wenn ein' sich an sonne Sachen hochzieht: war er mißtrauisch. Aber der Nachbar: ganz harmlos. Und ist manchmal an' Gartenzaun ran mitten Stück Kuchen und hat das Werner seine Kinder. Nach ne Zeit hatter sie sogar, dasse zu ihn rüber, und hatte denn Kakau und Kuchen auffen Kaffetisch. Also, sowas von sümpatisch, und ist ja klar, daß Werner sich rewanschiern wollte. Ich mein, hat man ja auch ne Verpflichtung, wenn de Görn jeden Wochenende son Napfkuchen, also, wenn du das von' Bäcker: kannst gar nicht bezahln! Achso und muß ich noch erwähn', daß der Nachbar, also, hatte überall in seine Wohnung, auffe Kommode, inne Eckbörder, auffe Tische und Schränke, also, überall, wo du hinkuckst, diese starken Figuren aus Porzellan, also: wie zun Beispiel ein Mann mitten Kauboihut, aber ne Schleife an und anne Füße sonne Art Knickerbocker, wie er damit Schafe hütet. Oder eine Dame mit hundert Röcke übernander, wie die tanzt. Oder Windhunde. Oder ein' Kutscher auffe Kutsche und davor: Pferde, wie se mitte Vordertatzen inne Luft rein bei ihrn Aufbäum'. Sogar Blumensträuße hatter, also, echt künstlerisch alles, schon allein, weil das son bischen ausse gute alte Zeit, und Traktorn oder sonne Harli gibt das nicht in Porzellan. Und ein' Tag sieht jedenfalls Werner auffen Fischmarkt diesen starken Frosch, auch aus sonne Art Porzellan, und in sein' offenen Maul kannst du Zigaretten rein, und für Nichtraucher vielleicht Salzstang', also auch wahnsinnig praktisch! Und hat auch noch Glück gehabt, weil das als Sonderangebot: 10 Stück 4,50, und kriegte man noch ein' original japanischen Buddha mit zu, auch aus Porzellan, aber ohne Öffnung für Zigaretten, und der Verkäufer: daß man ihn aber ganz große Klasse als Briefbeschwerer oder bloß so als Dekoration. Und harmoniert ja auch sagenhaft zu de Tänzerin mitte hundert Röcke, weil er als Kontrast mit bloßen Oberkörper und auch bischen vollschlank. Also, Werner seine Frau gleich zugeschlagen, und diesen Buddha und ein' vonne Frösche in Seidenpapier und zu den Nachbar rüber. Wohnungstür war auf, und sie inne Wohnung rein und: Juhu und Halloh und sonne Sachen, dasse da ist. Aber war kein'. Und hört se mitmal, wie inne Küche was, also, dampft und zischt, als wenn da was auffen Herd und kocht über und tatsächlich: steht auffe Platte ein riesigen Waschkessel und ist an' Überkochen, und geht der Deckel immer so hoch von' Schaum, und sieht se mitmal inne Schaumblasen: eine Menschenhand! Echt! 'n bischen kleiner, und war das Fleisch schon zun Teil runtergekocht, aber konnte man sogar noch de Trauerränder anne Fingernägel ... Also, ich mein, von diese Überraschung hat Werner seine Frau, also, war echt bedient und hätte beinah vergessen, de E-Platte runterzustelln, und wie se in ihre Sorgfalt nochmal mitten Topflappen den Deckel hoch und reingekuckt: ist da noch 'n Ohr und diverse annere Sachen, wo das gar kein' Zweifel gibt, daß das ein' Mensch ... Und legt Deckel wieder auf, und will mit ein' wilden Schrei raus, da steht der Nachbar inne Tür mit sein' gütigen Lächeln und in seine großen Hände: diese klein' harten Stiefmütterchen, und er: Werner seine Frau seine eine Hand auffe Schulter und ihr mitte annere de Stiefmütterchen ... also, wußte sie nu tatsächlich echt nicht ... und als er, warum se so blaß, und er macht 'n orntlichen Kaffe, und Kuchen hatter auch noch, oder ob se lieber Schwarzbrot mit Sülze, klar, dasse nu fast geschrien, dasse lieber Kuchen. Sie ihn denn de Geschenke, und er, also, hatte echt Trän' inne Augen, und zwei Sammeltassen aussen Schrank, und ham se denn Kaffe und Kuchen, und er wieder mit seine Natur und de Blumen mit ihre Friedfertigkeit und Unschuld, also: erschüttert ihn immer wieder und glaubt, daß da echt Gott in ist. Und sollten de Menschen mal an denken, denn würd das nämlich keine Nervosität mehr geben und de vielen kaputten Ehen und Streß und sonne Sachen, und, sagt Werner seine Frau, wie er da mit sein' stillen Leuchten inne Augen und so ruhig an ihre Seite, und wie er mit seine großen Hände die feine Sammeltasse an' Mund, ist se wieder ganz ruhig geworden. Und war diese Sache inne Küche wohl auch bloß sonne nervöse Einbildung. Und ich mein, wenn das auch wirklich an dem, da kann man das doch nicht einfach so an'

Kaffetisch ... ich mein, schon vonne gute Kinderstube her ist das ja ne echte Geschmacklosigkeit, und ist ja auch undankbar gegen den Gastgeber oder wie seh ich das! Und hat Werner seine Frau in diese Sache auch keine anzügliche Bemerkung ... Ich mein, nu mal ehrlich, wenn du bei solche Sachen de Polizei ... also, erstmals das Gesabbel vonne annern Nachbarn, wenn da der Peterwagen vor deine Haustür und se dich zu diese Verhöre abholn! Und dasse dich zun Schluß sogar mit ihre Verdächtigungen, daß du das selber ... ich mein, wer Dreck anfäßt, nicht, macht er sich auch schmutzig mit, und soll mal jeder Bürger ruhig vor seine eigene Tür ... und bischen Tolleranz muß doch auch sein ... Ich mein, als humorvollen Streich überschreitet sowas ja nu doch de Grenze vonne Geschmacklosigkeit. Aber wenn man seine Gören, dasse nicht in fremde Wohnung' rein, gibt man solche Zeitgenossen ja auch kein' Anlaß, daß man se zu sonne Sachen auffordert ... Und überhaupt, daß das vielleicht doch bloß alles ... weil in diese Delikatessengeschäfte ... ich mein, die bieten ja für diese Feinschmecker de perversesten Sachen an: Heuschrecken in Zuckerguß, junge Mäuse in Honig eingelegt ... Hundesülze ist in diese Geschäfte ja was ganz Normales, und ausse chinesische Importe kannst du Ratten in Sauer, also: in 50 kg-Eimer! Ich mein, daß Werner sein Nachbar vielleicht doch bloß: Affe in' Stück gefrorn ... und war ein Sonderangebot, und der kleine rote Fleck auffe gehäkelte Kaffedecke, also, hat Werner seine Frau gedacht, daß das vielleicht doch bloß vonne Mammelade kommt.

Auffen Fensterbrett

Gestern inne Zeughausstraße. Alles schwarz voll Leute. Vielleicht, daß 'n Verkehrsunfall? War Feuerwehr da und 'n Peterwagen. Und alle mitte Finger hoch. Da, an' obersten Stock: ne Frau! Die Feuerwehrleiter ganz raus, aber nicht ran. Und son Feuerwehrmann dadrauf, son dicken mit Tressen, wohl was Höheres bei den Verein. Hält sich mitte eine Hand anne Leiter fest und fuchtelt mitte annere. Nicht zu verstehn, was er sagt. Und die da oben: stocksteif auf ihre Außenfensterbank. »Vielleicht besoffen«, sagt einer, und dasse da schon immer mit gedroht hat. Sonne machen das bestimmt nicht. »Manchmal aber doch«, sagt 'n annerer, »mein Onkel auch: da hat sich schon jeder über amüsiert, und denn doch: hat er einen Tag in' Flur, anner Lampe. Die ganzen Deckenkabel warn raus: wär er bischen schwerer gewesen, hätte das nicht gehalten. Und er dazu noch de enormen Handwerker-Rechnungen!«
Und ne Frau sagt: »Vielleicht, dasse krank ist, oder hat ihr Kind verlorn, oder ihr Mann geht fremd.« Und denn ruft se laut rauf: »Aber mit sonne Sachen, meinst, daß da dein Kerl wieder mit rankriegst? Wenn er denn zurückkommt, was soll das? Nützt ja nix mehr!« — Und einer sagt: »Kuck mal, wie se mit ihre eine Hand, — läßt gleich los!« Und de Weiber: ein Gekreisch und Hände vorn Gesicht: aber denn durche Finger geschielt.
Der dicke Feuerwehrmann ist wieder de Treppe runter, langsam, und schüttelt den Kopp dabei. Denn krabbelt son Polizist rauf, auch wohl son Höheren.
Na, also, ich mein, grade sonne, die so öffentlich auffen Fenster rauf, die tun das ja doch nicht. Wollen bloß angeben, wetten? »Richtig«, sagt einer, »wenn ein' das ernst meint, denn in' Stadtpark und mit Schlaftabletten, macht das alleine

ab.« — Und 'n annerer: »Heute ist Gottschalk in' Fernsehn, ich geh.«
Und ne Frau mitten Netz, die wartet schon' paar Stunden, stand vorhin schon da mit ihrn Netz. Und de Salatköppe dadrin: alle ganz verwelkt! Nu sagt se: »Sonne Spinner, die gehörn in' Knast, gehörn die! Alles bloß aus Langeweile!« Denn ham se de Scheinwerfer angemacht, hat aber nix genützt. — Ich bin denn auch nach Haus. Ich mein, wenn die doch nicht... Und sowas kann ich eigentlich auch gar nicht ab ...
Ich kuck an' nächsten Morgen inne Zeitung: nix! Ist wohl doch nicht runter von ihrn Fenster.

Harken

Jeden Sonnabend, wenn meine Frau de Wohnstube feudelt unne Betten neu bezieht und Handtücher wechselt, denn geh ich raus und hark den Weg vorn Hauseingang.
Eispapier krieg ich gut weg, Zigarettenschachteln auch, aber de Zigarettenkippen rutschen immer durche Gabelzinken, werd ich ganz rammdösig vonne Bückerei. Und grade, wenn ich fertig bin, ein Harkenstrich wie der annere, denn kommt der Wieland aussen ersten Stock und latscht über das Geharkte. Klar, daß ich de Fußspuren wieder überhark, aber grad bin ich damit fertig, kommt der Schipper und denn der Behrens und der Kulucki. Ich mein, warum könn' die an' Sonnabend nicht mal übern Rasen gehn, damit das Geharkte nicht zertrampelt wird? Paarmal hab ich auch schon gedacht: ach, laß sie doch! Macht doch nix, die paar Fußtritte auffe Harkenspurn, und Sonntag wird ja doch wieder alles zertrampelt, wenn die aus unsen Block spazierengehn, spätestens an' Montag, wenn die wieder zur Arbeit müssen. Aber ich kann

da nicht gegenan! Eben ist einer rübergetrampelt, bin ich auch schon da mit meine Harke! Das sitzt eben in ein'! Der Kulucki ist sonne Art Aussiedler und säuft natürlich! Jedenfalls kommt der Kulucki da neulich rangeschossen, natürlich wieder stark dreiviertel, und mitmal kriegt er die Beine in' Knoten und fällt lingerlang auf das Geharkte. Ich ran mitte Harke und wart, dasser aufsteht, steh so vor ihn. Aber er glotzt bloß und bleibt liegen. Und mitmal legt er den Kopp in' Ellenbogen und heult. Und da merk ich erst, dasser vor mir mit meiner Harke, wie ich da so steh, Angst gehabt hat. Komisch nicht? Hatter vor ne einfache Harke Angst.

Erziehung

Bei meine Eltern, wenn die mal wieder 'n neuen Hund, der zuerst natürlich seine menschliche Bedürfnisse immer auffen Perserteppich oder auffe Häkeldecke von' Sofa. Meistens aber auffen Parkettfußboden. Klar, daß mein Vater denn immer: Hanspeter! Hanspeter! Dasser rankomm' soll. Der Hund natürlich untern Sofa. Und mein Vater immer mehr auffe Sanfte: Hanspeterlein! Aber dazwischen immer mitte Zähne geknirscht. Zuletzt denn 'n Mettwurst untern Sofa gehalten, und Hanspeter geschnüffelt mit ne spitze Nase und: zack, der Alte ihn anne Ohrn und mitte Schnauze in' See rein. Hatter alle Hunde mit trockengekriegt!
Und bei unsen Essen, ich mein diesen kräftigen Spinat mit das Eisen in, wo das Blut von hart werden soll, also, hatter mich auch immer mitten Baffi rein, wenn ich kein' Appetit ... und bei Kohl auch, und dicke Bohn' ... war sein einzigstes Erziehungsmittel, ich mein, bischen phantasielos war er ja, und hatte als Kind immer ne ganz platte Nase von all de Stupserei.

Klar, daß ich denn zu meine Frau, als wir damals heiraten mußten, daß wir unse Kinder ganz anners, weil ihr Alter ihr auch bei jede Gelegenheit übern Knie und mit sein' Ledergürtel, und wollten wir unse Görn, ich mein, ganz ohne Gewalt von unse Seite. Und war zu diese Zeit auch grade modern, weil da ein gewissen Engländer in ein' Buch, daß man de Görn alles lassen soll. Da werden se später mal gute Demokraten von, und wenn das auch noch so schwer fällt, und nennt sich antiautoritare Erziehung.
Naja, bei unsen klein' Thomas ham wir denn damit angefang', ich mein, ham seine Aggressivität frein Lauf gelassen, zun Ausleben, und nu kommt der Hammer: hatte gar keine! Nicht geschrien, nicht gestrampelt, nicht de Nuckel kaputtgebissen, nix! Immer bloß gegrinst! Richtig unheimlich, oder, wollmasagen, krankhaft! Weil so ein' Menschen ohne Aggressivität gibt das ja gar nicht, und wie soll so ein' sich in unsen demokratischen Schulbetrieb oder später in unse freie Marktwirtschaft mal durchsetzen! Der wird vonne annern doch glatt anne Wand gedrückt! Ich natürlich mit ihn zun Kinderarzt, und der, daß ihn sowas noch nicht vorgekomm' ist, und wir solln bei den klein' Heiligen mal mit ne Mahlzeit aussetzen oder mit zwei, weil: in sein' Hunger kriegt er schon Aggression', und wenn das nix hilft, bischen mitten Trockenlegen warten, und wenn son Kind wund ist, das hält ganz schön auffe Laune. Oder Radio laut stelln ... gibt ja so viel Möglichkeiten, und müssen de Eltern schon mal bischen kreativ werden, wo das um ihre Kinder geht, und sind ja auch Garanten vonne Zukunft von ein' Volk, und wenn ein Volk erstmal verweichlicht, ist das aus, und kann man schon anne alten Römer sehn.
Ich mein, wir ham uns ja angestrengt, aber nix! War sozusagen ein richtigen Dauergrinser, und hatter uns furchtbar nervös mit gemacht oder, wollmasagen, richtig fertig! Also konnten wir uns gar nicht wiederfinden in diesen Wesen, und hatt

ich mal 'n Buch gelesen, daß der Albert Schweitzer als Kind so gewesen sein soll ... nee, das war Kennedy ... oder Adenauer? Ich weiß nicht mehr, jedenfalls ein' vonne ganz Großen. Und hatten wir uns grade an diesen Gedanken gewöhnt, da pinkelt er Tante Alwine in das Dekolletee, als die sich bein Trockenlegen über ihn und: Dududu! ihn mitten spitzen Zeigefinger inne Brust rein. Also, kannst dir gar nicht vorstelln, was wir aufgeatmet ham, daß wir ein ganz normales Kind ... Ich mein, son zukünftigen Adenauer ist ja auch Klasse, aber stehn die Eltern denn inne späteren Lebensbeschreibungen auch in, und müssen sich aus diesen Grund verflucht vorsehn, daß das mitten vorbildlichen Lebenswandel auch hinhaut. Naja, und denn hatter de Sammeltassen aussen Schrank raus und auffen Fußboden ... und auf Onkel Edu seine alte Taschenuhr mitte Füße rauf, ham wir uns kaputtgelacht über Edu sein Gesicht, und der denn auch, was das für ne Ungezogenheit von den Bengel, und muß man ihn ordentlich auffen Hosenboden, aber wir: daß das modern, und muß jeder als Kind seine Aggressionen ... und kann der Lütte auch gar nix für, weil das in ihn steckt, und ob Onkel Edu gegen ne gesunde moderne Entwicklung ist, und er muß den Lütten loben oder wenigstens ermuntern ... Klar, daß bei den Lütten noch Rückfälle, ich mein, dasser wieder ganze Monate bloß gegrinst, und hatten schon Angst, und meine Frau wieder ganze Nächte lang geheult und was aus den Klein' werden soll mit diese Veranlagung, aber denn, als wir ein Tag von' Einkaufen zurück: er inne Mitte von' Zimmer ... ganz ruhig ... und der Käfig von' Kanarienvogel offen ... und alles voll Federn! Hatter den Tier alle sorgfältig mitte Finger ... auch de dicken Schwanzfedern ... und den nackten Vogelkörper innas Tiefkühlfach ... war schon ganz hart. Ich mein, das hat uns denn wieder Hoffnung gegeben, weil da ja ganz schön was zu gehört — und Phantasie auch ... Gestern hatter nu zu meine Frau, daß er zun Geburtstag ein Eichhörnchen will, mitten ganz dicken Wuschelschwanz … und ne Schachtel Streichhölzer … ich glaub, dasser doch noch … ich mein, vielleicht sogar mal Chef vonne Bankfiliale …

Waldi

Über unse Polstergarnitur, gleich neben Onkel Max in seine Sanitäteruniform, ich mein den, der so aussieht wie Prinz Scharlß mit seine Ohrn, das ist Waldi. War bloß ne Promenadenmischung, aber treu. Mitten mausgraun Fell und 'n Körper von' Dackel, aber der Kopp war mehr Pekinese. Und auch in sein' Gemüt hatter mehr sowas Asiatisches gehabt: immer freundlich! Zu jeden. Nie gebellt. Aber mitmal, da hatter angefang'. Richtig geheult. Und Zähne gefletscht. Als wir mit ihn zun Tierarzt, hat der, das wär ne Veränderung vonne Psüche, und bei de Menschen kriegen se da manchmal Depressionen, und Hunde werden denn so wie Waldi. Ist eben ne Alterserscheinung. Ich mein, irgendwie hab ich das nicht geglaubt, weil nämlich unse Tante Marie in' Pflegeheim, die ist auch tütelig, und bei ihr ist das genau das Gegenteil: Hat immer gute Laune. Lacht. Aber mit Waldi ist das immer schlimmer geworden, wenn er Politiker auffen Bildschirm, hatter inne Stuhlbeine gebissen oder sein' Freßnapf inne Schnauze und damit immer auffen Parkettfußboden gehaun, und da macht die beste Versiegelung nicht lange mit. Zun Schluß hatter sogar de Blätter von' Gummibaum abgerissen, und meine Frau, daß nu bloß noch fehlt, dasser mit seine Zähne in' Teppich rein, wie der verrückte Hitler in seine letzte Tage.
Paar Tage später ham wir denn de Sendung auffen Zweiten, wo ein unheilbar kranken Menschen, also, hatte immer so Anfälle

gekriegt, so er auffe Leute los und wollt se umme Ecke, aber denn auch wieder ganz normale Tage, und in diese Perioden immer, dasse ihn ne Spritze geben sollten, und wollt er, daß de Menschheit von ihn erlöst ist, hatter richtig gebettelt, in Großaufnahme, mit Trän' inne Augen. Und zum Schluß hatter sich auch durchgesetzt, und der Professor ihn de Spritze. Und hat dabei auch Trän' inne Augen gehabt, und der Assistenzarzt auch und die Krankenschwestern, und als Musik: Händel sein Largo in' Hintergrund, und immer leiser, und bei de letzten Töne war er denn auch übern Jordan, und der Ansager: daß das 'n Diskussionsbeitrag ist zu de Euthanasie.
Nachen Film ich denn auch zu meine Frau, wie das denn ist, wenn Waldi auch ne Spritze, und meine Frau de Hände vorn Gesicht und dasse sich das nicht vorstelln kann, weil er ja sozusagen 'n Familienmitglied, so wie annere Leute ihre Großeltern, aber viel vernünftiger. Und ich, daß man ihn damit 'n Gefalln tut, weil das ne Art von Erlösung ist und tut einen selber mehr weh als Waldi, aber er wird immer unappetitlicher. Und meine Frau noch döller geweint und er soll noch ne Frist von vier Wochen ham.
Inne nächste Tage hat sie denn in ihre Liebe in ihn reingestopft, also, richtig unheimlich, und er auch sagenhaft zugenomm'. Der Bauch hing ihn schon bis auffe Erde durch, daß man Angst kriegte, ob seine Wirbelsäule das auch alles hält. Und gesabbert hatter. Und seine Augen, die ham auch geleckt von all den Zucker. Und ist auch mit seine Leckaugen überall gegengelaufen, und wenn er nu schon de Stimme von ein' Politiker, hatter geheult wie ein läufigen Wolf. Also, war nu wirklich unappetitlich geworden … wie Lehmann ihrn Opa damals, als se ihn in das private Pflegeheim gegeben ham, wo später der Skandal mitten verdorbenen Essen war.
Jedenfalls, als denn der Doktor mitte Spritze … war meine Frau ganz gefaßt, hatte vorher nochmal de Decken in Waldi sein' Korb durchgewaschen, und seine letzte Mahlzeit war rei-

nes Biefhack. Hatte sich auch ’n neues Kleid an, dunkel, und bein Frisör ne schlichte Wasserwelle, und ich: auch auf feierlich mit dunkeln Anzug und silberne Krawatte. Und wir denn mit Waldi in sein’ Korb nochmal durche ganze Wohnung, zun Abschiednehm’, und vor den Gummibaum hatter nochmal leise gebellt, als wenn er sich entschuldigen wollte für de abgerissenen Blätter. Meine Frau hat das Taschentuch gar nicht mehr vonne Augen. Und denn bin ich an’ Plattenspieler und hab den Song of Joi von Beethoven auf, weil das sonne Art Choral ist und noch trauriger als Händel sein Largo. Und dabei hat Waldi denn seine Spritze und dabei gekuckt, als wenn er alles versteht, ich mein, seine Augen: wie ein Mensch!

Von’ Alkohol

Bei Dittmer inne zweite Etage, da ham die neulich dermaßen gesoffen, daß ihn’ de Augenbraun hochkant gestanden habn, und denn ist der alte Dittmer bein Anstoßen mitten Kinn so unglücklich auffe Tischplatte, daß ihn drei Zähne raus, und mit sein’ Gehirn war auch was, daß ihn das ausse Ohrn oder sowas, und in’ Krankenhaus ist er denn auch gar nicht wieder zu sich gekomm’. Ja, das war wie de Fee in’ Märchen mit ihre drei Wünsche, denn alle drei Zähne warn aus Gold, und mit den kleinsten ham se de Beerdigung bezahlt. Zwei warn über, und fahrn da nu ’n Audi 80 von. Aber gibt natürlich auch Fälle, wo Alkohol kein Glück bringt. Wenn ich da an Fritz Schull denk. Wenn er auch mehr ein Opfer von sein’ Forschergeist geworden ist, weil er selber gebrannt hat. Der hatte sonne Idee von’ billigen Volksalkohol. Und hat er de Leute erzählt, dasser später mal genauso berühmt wird wie der Erfinder von’ Volksempfänger oder von’ Volkswagen. Und werden die aus seine Straße noch mal an denken! Zuerst hat er mit alte Kartoffel und Haferflocken seine Gärversuche, später denn mit Gemüseabfälle, und denn ist er ein' Abend vonne ganz großartige Idee überfalln worden. Wollt er nämlich alle Reste, die jeden Tag inne Großküchen und Kantin' überbleiben, also die sollten nicht inne Kanalisation, sondern wollt er in ein' großen Bottich und da alkoholische Gärung reinbringen, und denn sollte da sonne Art Bier oder Korn aus werden, und er zu jeden, daß das geht, weil der Hauptbestandteil von das ausse Großküchen und Kantin' ist Stärke, und die gärt. Und hat nu wie verrückt in seine Badewanne geforscht, meist mit Essen vonne Studentenmensa. Und jeden, den er auffe Straße getroffen, hat er sonne Feldflasche unter de Nase, und er, daß das wie Asbach Uralt schmeckt und ahnt keiner, daß das aus Mensareste rausgegorn ist, und ist nicht eher abgehaun, bis du probiert hast und auch noch zugegeben, daß das original echt wie Asbach Uralt … Also, er war richtig besessen von seine Idee, und Oma Winter von gegenüber, daß sie mal 'n Film über Ludwig von Beethoven, und der ist ihr original so vorgekomm' wie Fritz Schull, genau sonne Blicke, und das ist das Faustische inne Deutschen, was so in ihn' rumwühlt. Und ist auch tragisch ausgegangen. Kann angehn, daß de Alkoholkonzerne das von seine Forscherei rausgekriegt ham und durch ein' von ihre Agenten was in seine Badewanne rein. Oder inne Mensareste ist doch nicht bloß Stärke gewesen, jedenfalls ist sein Kopp angeschwolln. Kannst dir gar nicht vorstelln, wie das ausgesehn hat! Aber nu denk man nicht, daß er seine Selbstversuche, daß er damit aufgehört hat! Und dabei hat er seinen Kopp man noch so eben mitten Hals halten könn'. Und Oma Winter, daß gegen ihn sind die Heiligen gar nix, und er kommt ihr vor wie ein Märtürer, und muß immer annen Gedicht denken, dasse mal inne Schule gelernt hat. Von ein' gewissen Steuermann John Mainard, der bei ein' Brand an sein Steuer langsam verkohlt ist, aber hat nicht losgelassen, und Fritz ist dasselbe mit seine Versuche. Zun Schluß hatter denn in sein Bett gelegen, und sein Kopp war größer als das Kissen, aber rund und glatt, wie ne graue Geleekugel, aber warn feine Risse in, wo der Sprit rausgesickert ist. Wär aber vielleicht doch noch wieder geworden, wenn Oma Winter nicht auffe Idee gekomm' wär, ihn ne Zigarette anzulutschen. Klar, daß ich de alte Dame kein' Vorwurf machen will, weil sie bei de Explosion ja selber mit übern Jordan gegangen ist.

Altennachmittag

Vorige Woche war wieder Altennachmittag von unsen Bezirk! Wir warn auch da von unsen Männerchor. Und die von' Kirchenchor auch und der Paster und der Bürgermeister und der Landtagsabgeordnete. Alle mit ne Rede. Und sind auch vonne Zeitung fotografiert worden. Bloß der Paster nicht, und war deswegen auch unheimlich sauer. Und hat deshalb sein' Kirchenchor doppelt so lange singen lassen, drei Lieder mehr als auffen Programmzettel warn, und denn auch noch sein' Posaun'chor mit reingebracht! Und die denn mit volle Puste. Wo alte Leute das gar nicht mehr abkönn', und eine Oma ist auch ohnmächtig geworden. Und viele Alte ham ihr Hörgerät abgeschaltet. Und wir mit unsen Chor ham drei Lieder weniger gehabt und sind auch nicht fotografiert worden!
Ich mein, immer bloß der Abgeordnete! Und er in seine Rede, daß für die alten Menschen in unse Wohlstandsgesellschaft, daß man die so leicht vergißt, aber er und seine Partei nicht, und die ham 'n Altenprogramm, und der Butterkuchen ist von seine Partei und 'n Zuschuß zun Kaffee auch. Und mit-

mal schreit einer vonne Alten, daß sie dreimal inne Woche Eintopf kriegen, und er mit sein' harten Stuhlgang kann das nicht ab! Aber zwei Schwestern sind gleich hin, und eine hat ihn auffe Schulter geklopft und die annere ihn de Tasse an' Mund gehalten. Einer vonne Alten wollte immer 'n Gedicht vorlesen, das er selber gemacht hat, und die ham auch alle gerufen: »Göte soll ran! Göte soll vorlesen!« Aber denn hat der Heimvorsteher nochmal den Posaun'chor gewinkt, dasser spieln soll, und uns hatter erklärt, alte Leute sind oft quengelig und ungerecht, weil sie de Maßstäbe zu de Realität verliern, und dieser Göte ist besonders tüterig, und in seine Gedichte spinnt er sich was zusamm'. Gewiß, er hat ja Humor und hat nix dagegen, daß alte Leute sich abreagieren, vielleicht sogar anne Heimleitung, und mit Gedichte ist das ja auch harmlos, aber könnte man doch in falschen Hals kriegen, wenn man de Psüche vonne Alten nicht kennt.

Bettler

Als ich mit meine Frau zun Winterschlußverkauf und an' Neuen Wall längs, da hör ich da mit einmal, als wenn da 'n Musikstück aus Blech auffe Straße liegt, und da fahrn de Autos rüber, und wimmert jedesmal bein Überfahrn. Aber war bloß son kleinen Mann, der hockte so auffe Erde, hatte bloß ne Zeitung unter, ich glaub die ›Morgenpost‹, und mit ne Mundharmonika inne Kiemen. Und neben ihn sein Hut mit vier Groschen in.

»Wenn das über ne Mark, nehm' die das immer raus«, sagt meine Frau, aber ich trotzdem zwanzig Pfennig rein, und der Kerl verbeugt sich mitten Kopf und spielt weiter. ›La Paloma‹, glaub ich, und seine Beine warn bis zun Knie ab. »Rau-

cherbein«, sag ich, »hat seine Knochen hingehalten für de Tabaksteuer, und das ist nu der Dank!«
»So schlecht ist die Rente gar nicht«, geht meine Frau gegenan, »und wird ja auch alle Augenblick erhöht, da kann man schon von leben. Und wenn er denn noch als Parkwächter arbeiten tut ...«
»Manche ham dazu nicht mehr die Kraft«, sag ich und mußte an son Stück in' Fernsehn denken, hat einer de Hauptrolle, der sonst immer in lustige Sachen mit Besoffene. Aber in diesen Stück hat er ein' auf ernst, weil ihn seine Frau abgehaun, und er hatte 'n steifes Bein, und richtig kucken konnt er auch nicht, und seine Eltern hatten sich mit Gas umme Ecke, und Arbeit konnt er auch nicht kriegen. Bei so viel Pech, da muß 'n Mensch ja verzweifeln, und er hat sich denn auch inne Elbe rein ... Noch bein Abendbrot hab ich damals an das Stück denken müssen, und vielleicht ist dies auch son Pechvogel. Aber meine Frau, daß sie inne Zeitung: da ist in Paris son Bettler gestorben, und in seine schietige Matratze war ne Million Mark, in Franc natürlich, aber alles alte Scheine und vonne Ratten abgeknabbert, aber da kann man sehn, was sowas einbringt, und dieser hat vielleicht sein' Mercedes inne Nebenstraße geparkt mit Schofför.
»Glaub ich nicht«, sag ich.
»Du mit deine Geldwegschmeißerei!« sagt meine Frau, »mußt du hart für arbeiten, aber so einer hockt bloß da und spielt falsch auffe Mundharmonika. Und bestimmt hatter sich die Beine so geschnürt, daß das aussieht, als wenn er keine hat!«
Ich will noch gegenan, aber sie: »Und da tust ihn auch überhaupt kein' Gefalln mit, weil er sich Schnaps dafür ... und er hat sich auch noch nichtmal bedankt!«
»Hat er doch! Hat mitten Kopf hat er ...«
»Aber gesagt hat er nix!«
»Ist vielleicht auch taubstumm ...«
»Oder konnte kein Deutsch, daß das 'n Ausländer!«

Also, da hatt ich nämlich noch gar nicht an gedacht! Aber nu sag mal selbst: daß de vielen Fremdarbeiter hier bei uns mit ihrn Knoblauch und de komische Musik und dasse unse Fraun anmachen, laß sie! Hat man sich an gewöhnt. Ist ja auch ihre Art und könn' nicht anners! Aber daß die nu auch ihre Bettler ...! Erstmal, was ist das fürn Beispiel für unse Jugend! Und denn die ganze kriminelle Art und Weise: schnallt sich die Beine an und spielt falsch, damit wir Mitleid mit ihn! Betrügerei ist das! Und soll sich man lieber sein Geld mit harte Arbeit! Wie wir! Und paß auf, bald fang' seine Kollegen auch noch an mitten Betteln! Sowas lern' die schnell: Ist doch genau dasselbe wie mitte Streikerei! Ham se auch vonne Deutschen gesehn, und sofort alle Türken gestreikt bei Ford, und ohne de Deutschen zu fragen! Und überhaupt ist das Betteln, glaub ich, verboten wegen de Belästigung vonne Passanten, an besten, wenn ich mal gleich de Polizei ...

Bei Tante Marie

Vor paar Tage hab ich meine Tante besucht in' Altersheim. Hab ich eigentlich nicht nötig, weil se gar keine richtige Tante ist, bloß ne Kusine von meine Mutter. Aber ihr Sohn Erwin hat mich in' letzten Jahr mitten VW übers Ohr gehaun. Hab ich 3000 für bezahlt, und ne Woche später war 'n Austauschmotor fällig. Und dafür verwechselt Tante Marie immer mein' Namen mit Erwin sein'. Und er ärgert sich blau, wenn er hört, daß ich seine Mutter wieder besucht hab, und viel öfter als er, und dasse vielleicht von ihn was erzählt, zun Beispiel, daß er bis zu sein' 20. Lebensjahr Bettnässer gewesen ist.
Was ich Tante Marie mitbring? Blumen kann se sowieso nicht sehn wegen ihrn grauen Star, und Quarkkuchen, den se gerne

ißt, auch nicht, weil se ja schon 'n bischen tüterig ist, und nachher verwechselt se mich wieder mit ihrn Erwin und glaubt, daß der Quarkkuchen von ihn ist. Naja, paar Plätzchen, da kann se denn an lutschen, hat da ja auch länger was von.

Fühlt sich eigentlich ganz wohl da. Naja, bleibt ihr ja auch nichts anneres übrig. Weil se wegen ihre Beine nicht mehr aufstehn kann. Und Radio interessiert se nicht, kann auch sowieso nicht hörn. Und von' Fernsehen auch bloß Peter Alexander. Wenns den gibt, schieben de annern manchmal ihr Bett in' Fernsehraum. Aber alle, die in' Bett liegen, wolln natürlich Peter Alexander sehn, und denn ist der Raum voll von alle Betten, und eine furchtbare Queserei, weil keine den Peter Alexander richtig sehn kann. Und vonne laute Schimpferei kann man ihn auch nicht hörn. Ich bring Tante Marie manchmal sonne bunte Illustrierte mit, wo alle de alten Königshäuser drin sind und de Adligen. Und war auchn Tatsachenbericht in von Kaiser Wilhelm sein' jüngsten Hofkutscher. Und daraus les ich denn vor, und se lacht und sagt, daß das damals ne schöne Zeit gewesen ist mit all das herrliche Militär und de schmucken Leutnants und de Paraden vonne Preußen, das macht uns keiner nach, und sie hat auch mal son Leutnant gekannt, aber der ist später strafversetzt worden, weil er gesoffen hat, und zu sein' Glück ist denn der Krieg ausgebrochen, sonst hätten se ihn degradiert.

Bein letzten Mal hab ich ihr wieder was ausse Zeitschrift vorgelesen, ausse Mämoarn vonne letzte Hofdame: die ist heute 98 und natürlich schon lange nicht mehr in' Beruf, und mit einmal kommt da son jungen Bengel rein und will, daß ich mitten Lesen aufhör. Tante Marie hat geschrien und gesagt, ich soll nicht aufhörn, und der junge Mann ist 'n Kriegsdienstverweigerer, und sowas lassen se heute auffe Alten los, und bei de Preußen hätten se de Desertöre anne Wand gestellt, und sie hat selber nur gute Erfahrung mitten Militär! Da hat der junge Kerl den Kopf eingezogen und ist raus aussen Zimmer. Warum Tante Marie so sauer auf ihn ist? Da hat er neulich ihr Bett in' Fernsehraum geschoben, und se hat gekuckt, ob Peter Alexander bald kommt. Aber ist den ganzen Abend nicht gekomm'. War son politisches Magazin ... sowas Heimtückisches muß man sich mal vorstelln!

Abgeordnetenbesuch

In' Altersheim bei meine Tante Marie komm' ja nicht viel Besuchers, und freiwillig schon gar nicht. Aber vor de Wahln kannst sicher sein: der Abgeordnete kommt. Ist noch ziemlich jung und hat mal Betriebswirtschaft studiert, aber mitte Betriebe ist er wohl nicht klargekomm', und ist er denn inne Politik gegangen. Hier hatter sich auf alte Leute spezialisiert. Inne Altersheime zu gehn macht ihn auch überhaupt nix mehr aus, da hatter sich in abgehärtet. Wenn er mitte Alten spricht, lacht er und legt den Kopp schief und de Alten seine Hand auffe Schulter. Zwischendurch lächelt er denn. Bei Tante Marie ist er aber ganz aussen Konzept gekomm', weil die ziemlich wenig sehn kann und mit ihrn Hörn ist das auch nix. Da hat er denn vor ihr gestanden und ihr inne Ohrn gebölkt: »Sie haben wohl den Kaiser Wilhelm noch erlebt, was?«
»Persönlich nicht«, hat Tante Marie gesagt, »aber seine Bilder hingen überall, und 'n kurzen Arm hatter gehabt, aber schöne Uniform' und 'n großen Schnurrbart.«
»Die Landbevölkerung hatte damals ein schweres Leben«, sagt der Abgeordnete. Und Tante Marie:
»Wir ham Holzpantoffeln getragen, und inne Schule hat das fix was hintendrauf gegeben.«
»Die Hitlerzeit haben Sie auch erlebt«, sagt der Abgeordnete. »Wir warn zweimal mitten Kadeel weg«, sagt Tante Ma-

rie, »und das war die schönste Zeit in mein Leben.« — »Aber der Krieg …« »Da kam' die Leute ausse Stadt … die Hamsterers. Für uns auffen Lande: das reine Paradies …«
Der Abgeordnete brummelt noch was in sein' Bart, aber das kann Tante Marie nicht verstehn, weil er das ziemlich leise gesagt, und se fängt nochmal wieder von' Kadeeff an und mitten Erbhofgesetz, und wie schön das inne Fraunschaft gewesen ist. Der Abgeordnete läuft ein wie 'n nassen Wollstrumpf vor Verlegenheit und mag ihr gar nicht sagen, daß er nicht vonne NSdAP ist.

Pilze

Ich glaub, das kommt von' Fernsehn! Wenn man jeden Tag stundenlang so Räuberpistolen vorgesetzt kriegt, denn muß man sich auch nicht wundern, wenn man komische Gedanken kriegt. Ich krieg sie immer bein Pilzesammeln. Ich mein, ich stell mir denn vor, daß da bloß ein giftigen zwischen sein kann, und schon ist sonne Mahlzeit sozusagen tödlich. Und wenn denn Tante Emma zu Besuch ist, die kann immer nicht abwarten und ist bein Mittag immer schon fertig, wenn ich grad anfang, meine Kartoffeln inne Soße zu drücken.
Emma ist das mitten Warten immer schon schwergefallen. Als se noch jung war, und ihre Kavaliere ham noch von ihre Augen geschwärmt, war sie ihn' immer schon anne Hosenklappe, und das hat de Kavaliere immer irgendwie abgestoßen. Emma ist jedenfalls ledig geblieben. Und wenn sie nun bei de Pilze, und mitmal wird sie ganz weiß und faßt sich an' Magen und fällt von' Stuhl. Und die Familie denn so um sie rum, ich leg ihr vielleicht nochn Sofakissen untern Kopf, und sie lächelt und sagt mit schwache Stimme … vielleicht irgend son Geheimnis … dasse vielleicht 'n unehelichen Sohn hat,

der ist Priester ... oder vielleicht Diktator irgendwo in sonne südamerikanische Republik ... oder daß sie irgendwo 'n Hausbesitz hat, den sie uns jetzt vererbt oder 'n Goldschatz begraben, oder war die Geliebte von Himmler oder hatn Mord begangen, und dasse uns nu beschreibt, wo de Leiche liegt. Und denn schließt se de Augen. Ich hab mal son Film gesehn ... Ich mein, noch mehr an Wirkung bringt natürlich, wenn die Tote ausse engere Familie ... vielleicht meine Frau, und die Kinder denn um ihr rum, und sie, daß das mit den Untermieter, wo ich den Verdacht gehabt hab, das hat doch gestimmt, aber sie hat bloß immer mich geliebt. Also, wenn ich mir das vorstell, komm' mir regelrecht die Trän'. Natürlich nicht wegen den Untermieter, der nachts immer den Eisschrank leergefressen hat und nie bezahlt. Wär auch nie was rausgekomm' von den, wenn er nicht so Schweißfüße gehabt hätte. Wenn der nachts an' Kühlschrank ging, konntst direkt seine Geruchsspur folgen. Und mit seine Füße hatter auch auf Mitleid gemacht und meine Frau das Herz mit gebrochen. Zuerst hat sie ihn bloß de Mauken gepudert, aber denn ist sie wohl irgendwie auf annere Körperteile übergewechselt. Naja, und zuletzt hab ich den sein Fußpuder in unse Ehebetten gefunden — auffen Kopfkissen! Ich mein, da ist ja wohl nu die Grenze von' guten Geschmack vielleicht sogar überschritten! — Naja, an' traurigsten ist das natürlich, wenn ich mir vorstell, daß ich selbst von' Stuhl sink. Wie ich sie denn alle nochmal mit meine brechende Augen ankuck, und sie schluchzen und streicheln mir über de Hände. Ich weiß bloß nicht, was ich denn so als letzte Worte ... ich mein, irgendson Geheimnis ... weil ich eigentlich ... ich mein, mitte Fremdgeherei hat das nie so richtig geklappt, und in Nacktbars und so bin ich auch nie, weil wir immer für irgendwas gespart habn, für de Stereoanlage oder den neuen VW, da war da nie was bei über ... vielleicht ist doch an besten, ich sag nix und lächel bloß son bisschen wehmütig.

Hauptgewinn

Ich mir grade de dritte Portion Erbsensuppe auffen Teller, da klingelt das. Ich zu mein' Sohn, daß er anne Tür! Er kommt zurück: »Papa, da sind zwei Herrn.« Ich mir de Hosenträger hoch und 'n Mund sauber und zu Erika, dasse schon mal inne Küche zun Abwaschen. Die Herren waren in dunkle Anzüge, irgendwie ganz feierlich, wie Pastoren, aber die komm' ja nie paarweise. Ich denn, daß sie Platz nehmen und was ich für se tun kann. Und der eine, daß sein Name Soundso, irgendwas mit ›von‹, und hätt inne Lotterie gewonn'. »Ich mach in keine Lotterie mit«, sag ich, »und kann also auch nix gewonn' habn.« Der annere vonne Herrn lacht und sagt, daß das ne neue Art von Lotterie, ganz modern, aber in Amerika gibts die schon lange. Jedenfalls: die Leute brauchen gar nicht mitzumachen, weil die vonne Lotterie die Hauptgewinner austüfteln. »Wir gehen da nach dem Einwohnermeldeamts-Verzeichnis vor«, sagt er, und daß ich den Hauptgewinn gekriegt hab.

»Ja«, sagt der annere, »daß wir gleich den Hauptgewinner ermitteln, das erspart eine Menge Schreibarbeit für Sie und uns.«

»Klar«, sag ich, »aber was hab ich denn gewonn'? Ne halbe Million oder ne ganze.«

»Etwas weit Besseres«, sagen die beiden.

»Na?«

»Eine Beerdigung I. Klasse«, sagt der eine.

»Mit vollständigem Serwiß«, sagt der annere.

»Ach«, sag ich, »das ist aber ne Enttäuschung, weil ich mich kreuzfidel fühl, und was ist denn vollständigen Serwiß?« Der eine Herr räuspert sich und denn sagt er: »Erstens kann man sich täuschen wie mein Schwager, der kam gerade von der Untersuchung, und die Ärzte hatten ihm gesagt, daß er kernge-

sund ... aber als er seine Haustür aufschließen wollte, löste sich ein Dachziegel und fiel ihm auf den Kopf ... und wissen Sie, wie viele Leute täglich im Straßenverkehr verunglücken?«
»Und was den Serwiß anbetrifft«, sagt der zweite Herr, »wir liefern Ihnen den Tod gleich mit. Völlig schmerzlos und schnell läuft alles ab.«
»Aber was ist mit meine Familie?«
»Ist im Serwiß mit drin, der erste Preis, das ist nämlich ein Familiengrab!«
»Nee«, sag ich, »denn behalten Sie mal Ihrn Gewinn.«
»Sie haben gewonnen!«
»Ich nehm ihn aber nicht an.«
»Sie müssen! Glauben Sie, unsere Gesellschaft will ihre Hauptgewinne selber einstecken? Das wäre ja Betrug. Und wir sind vom Lotteriegesetz her verpflichtet, die Gewinne auszuschütten.«
»Und wenn wir nicht wolln?«
»Hören Sie zu, mein Lieber«, sagt der eine, »wie viele Lottogewinner wären lieber arm, aber glücklich geblieben. Denn mit dem Geld kommen Sorgen, Steuerberater, Investitionen, Spekulationen ... sie wären gerne verschont geblieben, aber sie mußten den Gewinn annehmen!« Und der annere:
»Und dann sehen Sie mal: wie ist es denn sonst: da stirbt alles hintereinander: Vater, Mutter, ältester Sohn, jedesmal kostspielige Beerdigungen, Aufregungen, Erbstreitigkeiten ... wir ersparen Ihrer Familie dies alles ... oder wenn ein Familienmitglied langsam dem Tode entgegensiecht, immer unerträglicher für seine Umwelt wird und immer noch stirbt es nicht ...«
»Naja«, sag ich.
»Oder wenn Ihre Kinder vor Ihnen sterben, wofür haben Sie und Ihre Frau dann gearbeitet Ihr Leben lang? Stellen Sie sich den Kummer vor. Oder Ihre Kinder stecken Sie in ein staatliches Altersheim, wo Sie in Gram Ihre letzten Jahre ver-

bringen, zum Schluß im Altersblödsinn dahindämmernd, keiner besucht Sie, und Ihre Kinder haben ständig ein schlechtes Gewissen Ihretwegen.«
»Naja«, sag ich, »überlegen kann ich mir die Sache ja mal.«
Da winkten sie so mitte Zeigefinger und daß ich mal ans Fenster komm' soll. Ich kuck durch, und unten steht 'n Laster und Leute sind dabei, Särge auszuladen. Drei Stück zähl ich. Und de Nachbarn drumrum, schütteln de Köpfe und kucken rauf.
»Bestes Eichenholz mit Schnitzereien und Kupferbeschlägen«, sagt einer vonne Herrn und der annere:
»Und morgen ist die extra große Todesanzeige in der Zeitung.«
»Morgen?«
»Ja, natürlich, zwei Tage vor der Beerdigung ist immer die Anzeige drin, das gehört sich so. Sonst können sich die Verwandten und Bekannten ja kaum auf die Trauerfeier einstellen, und das sollen sie doch! Sie wollen doch eine großangelegte Beerdigung, nicht wahr?«
»Naja, aber wir leben doch noch, und auch noch in drei Tage!«
»So?« sagten die Herrn, »na schön, wenn Sie es glauben ... dann wollen wir mal abwarten.« Sie lachten so komisch und:
»Dann verabschieden wir uns erstmal, und nochmal: herzliche Glückwünsche zum Hauptgewinn!«
Sie denn noch: Auf Wiedersehn und denn raus ausse Tür. Das war vor drei Stunden, und ich hock seitdem de ganze Zeit auffen Sofa und warte. Und um mich rum meine Familie, und löchert mich, was die beiden fein' Herrn gewollt habn. Und ich mag ihn' das gar nicht sagen!

Kein Wunder!

In 43, inne rechte Nachbarwohnung, da sind so junge Leute eingezogen. Er mit Bart und Pullover, und sie immer mit so Sandalen. Und zwei Kinder habn sie auch. Ich glaub, er studiert oder sie, und der annere ist Lehrer oder sowas, jedenfalls habn die ne ganze Wand voll Bücher. Sind ja man Taschenbücher, und alle in verschiedene Farben und Größen, aber ich hab zuerst auch bloß de Ullstein-Krimis gehabt, bis wir denn inne Buchgemeinschaft rein mitte Halblederbände ... paßt natürlich genau zu de altdeutsche Schrankwand. Und nu raten Sie mal, was die für Sessel habn? Liegestühle! So Gartenliegestühle! Und zwei Wände habn sie ganz mit schwarze Ölfarbe! Ganz und gar mit schwarze Farbe, wie inne Bahnhofspinkelaasche! Und darum, daß da de Görn mit bunte Kreide ranschmiern solln! Ich mein, nix gegens Maln. Wir ham unse auch immer Malbücher gekauft zun Ausmaln. Da kriegt 'n Kind Disziplin von, und immer wenn er über de Linie gemalt hat, hatter 10 Pfennig Abzug von' Taschengeld gekriegt. Aber die Görn ham mit bunte Kreide über de ganze Wand rüber! Bin mal gespannt, wie da Disziplin reingebracht werden soll, und da wundert man sich über die Graffiti-Schmierereien auffe Wände!

Besuche

Rudolf wohnt auf Untermiete bei ne alte Dame. Und wenn ihn besuchst, mußt viermal klingeln. Denn kommt Rudolf erst und macht auf. Anne Tür sind acht Riegel. Weil de alte Dame Angst hat. Die liegt hinten in ihr Zimmer. Wenn auffen

Flur stehst, hörst ihr rufen. »Wer ist da?« Mit ne ganz hohe Kinderstimme. Rudolf sagt, se glaubt, daß man se abholt nach Ochsenzoll. Von ihre Verwandten aus. Die gönn' ihr nix. Vor allen Dingen ihre Besuche nicht. Rudolf sagt, das mit ihre Besuche ist Quatsch. Bildet sie sich bloß ein. Zun Beispiel, daß sie de Königin von Saba, und König Salomon kommt zu Besuch. Oder sie ist Cleopatra und wartet auf Cäsar. Oder Maria, und der Heilige Geist hat sich angemeldet. Und wenn du reinkommst: alle Stühle voll mit schmutzige Wäsche oder Medikamentenschachteln und Speisereste. Wär gar kein Platz für Besuch. Und Salomon oder Cäsar setzen sich bestimmt nicht auf dreckige Unterröcke oder Teller mit verschimmelten Haferflockenbrei. Mitten Heiligen Geist mag das ja noch angehn: hat ja wohl kein Gewicht und kann sich an' Lampenschirm hängen. Rudolf sagt, wenn man still ist, kann man sie mit ihrn Besuch reden hörn. »Die redet den ganzen Tag«, sagt Rudolf, »sowas Bekloopptes! Aber ist harmlos. Bloß daß das in ihrn Zimmer so gemein stinkt. Aber sie läßt ja kein' rein, bloß ihre Besuchers, und die merken den Gestank wohl nicht.«
Ich bin 'n halbes Jahr nicht bei Rudolf gewesen, und als ich nu bei ihn war, vor paar Wochen, da war er auch so, also, ich weiß echt nicht ... Als ich: »Na, was macht deine Wirtin ihr König Salomo?« Er: nicht gelacht und nix! Und dann: »Du, als ich abends nochmal inne Küche, da stand da wirklich ...«
»Wer?«
»König Salomon! Stand an' Herd und machte sich 'n Spiegelei.«
»Und?«
»Was und? Ich: Guten Abend, Majestät. Und er: bloß so würdig genickt. Und mit zwei Finger Salz übern Ei.«
»Vielleicht war das bloß'n Verwandten von deine Wirtin.«
»Ne, war Salomon. Sowas sieht man doch! Hatte auch ne Riesen-Goldkrone. Und 'n roten Samt-Mantel an. Zepter und

Schwert hatter auffen Küchenschrank gelegt, weil er ja mitten Eierbraten beschäftigt war.«
»Und hat er weiter nix gesagt? Nichtmal: Gestatten: Salomo?«
»Was soll er sagen. Steht ja auch alles inne Bibel, was er gesagt hat, und von Weiber mag er bestimmt auch nicht reden. Hatter de Nase voll von. Und in' Beruf ist er auch nicht mehr. Er ist denn mitte Pfanne zu meine Wirtin rein ...«
Erst dacht ich, der Rudolf macht Flachs. Aber er hat das ganz ernst ... Und als ich in sein Zimmer, er: »Viel Zeit hab ich nicht. Krieg nachher noch Besuch.«
»Besuch? Wen denn?«
»Ach, bloß Bismarck!«
»Was will der denn?«
»Der hilft mir mit bein Ausfüllen von' Sozialamts-Fragebogen, also, der kennt Tricks!«
»Na«, sag ich, »denn will ich auch nicht lange störn«, und hau ab. Also, mir war echt komisch. »Hat die Alte ihn doch richtig angesteckt«, denk ich. Aber als ich de Treppe runter, kommt mir son Kerl entgegen, der mir unheimlich bekannt ... Und denn fiel mir ein: Mensch, genau wie de Figur von' Bismarck-Denkmal!
Bloß natürlich und nicht in Stein!

Hertie könnt das nicht

Gestern hatten wir Besuch: Onkel Max und Tante Hertie vonne dänische Grenze. Und wollten mal so richtig das tüpische Hamburger Nachtleben. Wir denn über de Reeperbahn. Und da sagt Max, er hat mal gehört, das gibt da sonne Straße mit Eisenbarrieren vor und nicht für Jugendliche, und dahinter sitzen denn Mädchen ohne was an hinter Schaufensterscheiben.

»Er meint die Herbertstraße«, sagt Erika. »Gut«, sag ich, »denn gehn wir da mal durch.«

»Ne«, sagt Hertie, »da hab ich Angst! Was da schon alles passiert ist! Nachher spring' die Fraun ausse Fenster raus und mir in' Gesicht, weil se mir de Augen auskratzen wolln. Ich warte hier.«

»So, du wartest hier«, sagt Max, »was meinst du, was de Leute denken, wenn hier sonne Frau alleine steht! Und nachher nimmt dich 'n Neger mit sich mit, oder mußt mitte Polizei auffe Davidswache! Brauchst auch gar keine Angst zu habn! Gefährlich ist das überhaupt nicht. Die sitzen da hinter de Scheiben und klopfen, wenn da Männer vorbeigehn oder auch, dasse fragen: »Na, Süßer, willst nicht mal reinkomm'?« Und denn komm' de Männer, oder nicht, weiter ist das nix. Und denn laufen da auch Kriminale rum oder vonne Sitte, da nehm' sich de Dam' schon nix raus.«

»Hörmalzu«, sag ich, »so einfach ist das auch wieder nicht. Wenn du se fotografierst oder beleidigst, da komm' se schon raus. Oder se machen 'n Fenster auf und gießen dir 'n vollen Nachtpott über de Klamotten. Das ist mal ein' Bekannten passiert, den Ewald Dwinger. Der hat vielleicht gestunken! Und als er nachher inne U-Bahn rein, ham se ihn nicht gelassen, weil de Leute schlecht geworden ist. Und S-Bahn und Straßenbahn auch nicht, und Bus erst recht nicht. Da hat er ne Taxe nehm' müssen und den Taxifahrer noch 20,– extra für den Gestank.«

»Ne«, sagt Hertie, »denn komm ich da nicht mit rein.« Ich hab se aber beruhigt und zu ihr gesagt, daß man sich einhaken muß und inne Mitte vonne Straße gehn und nicht reagiern, wenn se ein' ansabbeln und nicht so auffällig hinkucken.

Wir das denn ja auch gemacht und ganz schnell durch, und de Dam' ham überhaupt nix gemacht.

Und als wir wieder draußen warn auffe annere Straßenseite, Hertie gleich auf Max los, dasser de Nutten angeglupt hat wie 'n kranken Schellfisch, und Max, dasser bloß mal sehn wollte, ob de Tochter von den Apotheker aus Niedersbüll, die ist doch auch nach Hamburg durchgebrannt, vielleicht dasser die wiederfindet. »Einige vonne Fraun«, sagt Max, »die siehst das gar nicht an, dasse Nutten sind, die sehn auch direkt gut aus, und wenn du 'se auffe Straßen siehst, da würdest nie auf komm'.« Ich ihn denn, daß mir mal 'n Kietz-Kellner erzählt, daß da viele Studentinnen bei, die sich hier was verdien'. Und eine, die spricht 16 Sprachen perfekt, und ihr Vater ist Professor und weiß nix davon. Manchmal sind das auch Mädchen, die hier ihre Aussteuer zusamm'arbeiten oder Ehefraun.
»Wär das nix für dich?« fragt Max und lacht und stößt Hertie inne Seite, und die schüttelt sich und sagt:
»Also, ich könnt das nicht. Immer mit annere, da kann ja gar keine Sümpathie bei sein, das stirbt denn ja ganz und gar ab in ein', weil ne Frau fühlt da doch irgendwie tiefer als de Männer.«
»Überhaupt de vielen Männer, das wärn doch bestimmt über hundert!« sagt Erika.
»Vielleicht sind ihre Fraun krank, dasse nicht könn'«, sagt Max, »oder kriegen grad 'n Kind oder das sind Seeleute.«
»Wenn die Frau 'n Kind kriegt, find ich das gemein, wenn die Männer hierher gehn«, sagt Erika, »da würd ich mich glatt scheiden lassen.«
»Aber wenn du das nicht weißt?« sag ich.
»Ich glaub«, sagt Hertie, »ne Frau merkt das doch! Da ist denn so was Fremdes ... das hab ich selber mal gelesen ...«
»Hast die eine gesehn«, sagt Max, »die mitte hohen Reitstiefel und de Peitsche und kurze Haare?«
Ich ihn denn erklärt, daß die für de Perversen ist und verprügelt de Kerle für 150 Mark mitte Peitsche. Hertie wollt das nicht glauben.

»Lassen sich verprügeln und bezahln da 150,– für?«
»Das ist für sonne Perverse 'n Genuß«, sag ich.
»Sonne Sauereien soll man verbieten«, sagt Hertie und ich:
»Hörmalzu, irgendwie sind de Perversen doch zu bedauern, und wo solln se auch sonst hingehn?«
»Und überhaupt«, sagt Max, »stell dir mal vor, man würd inne Hafenstadt de Püffe verbieten, und de Seeleute und der annere Abschaum könnten da nicht mehr hin. Was sollten die denn wohl machen? Da wär ja keine normale Frau oder Mädchen mehr sicher, oder de Nutten würden heimlich, aber hier hat man se unter Kontrolle, und denn gehört de Puff ja auch den Senat oder de Kirchengemeinde, weiß ich aber nicht genau, vielleicht auch den Bürgermeister, und die verdien' ganz schön anne Miete.«
»Ich könnt das nicht«, sagt Hertie, »immer mit annere Kerle, und was die für Wünsche habn! Sind vielleicht sogar Neger mit bei und Chinesen, nee, ich könnt das nicht ... und denn den ganzen Tag hinter de Glasscheiben hocken und nix tun, bloß Kerle anquatschen und zwischendurch denn ... nee, ich könnt das wirklich nicht, bestimmt nicht ...!«

Klein' Unfall

Mein Kusäng Ewald ist bei Strack. ›Stracks-Delikateßwurst‹, kennst du bestimmt de Reklame von. Wie son dicken Kerl sich alle zehn Finger ableckt und denn rülpst, und denn sagt er: »Wenn man ›Stracks-Delikateßwurst‹ gegessen hat, ist es erlaubt.« Ewald ist an' Fleischwolf, muß er immer de Schwarten reinschütten, fünf Prozent Schwarten ist ja erlaubt, schmeckst auch gar nicht, wenn se schön feingemahlen sind. Jedenfalls, Ewald hat grad anne Reklame gedacht, und da

hatter wohl de Finger 'n bischen zu tief — jedenfalls hatter mitmal son komisches Gefühl anne Hand, und als er se rauszieht, warn zwei Finger ab. Zeige- und Mittelfinger. Hatter gar nicht gemerkt. Er gleich zun Sanitäter und denn zun Krankenhaus.
Was ausse Finger geworden ist? Glaubst du, daß de Firma son Mahlwerk anhält? Und vielleicht de Mahlmasse durchgrabbelt nach zwei Fingers? Warn ja auch schon kurz und klein, zun Teil sogar schon inne Dosen gefüllt. Ob se de Massen weggekippt habn? 3000 kg Wurstmasse? Da ist son Finger ja gar nix ... da würd noch nichtmal 'n Arm in auffalln ... Und dabei hat Ewald ja noch Glück gehabt ... weil sein Ringfinger mit den Ehering drangeblieben ist.

Geruch

Bei Bräger und Co in Altona inne Fischfabrik, welche vonne Fraun da Rollmöpse drehn, also, die kennst gleich an' Geruch raus. Bischen säuerlich. Zieht richtig inne Haut ein, da kannst baden und schrubben und pudern: nützt nichts! Wenn du bein Tanzen de Augen zu und holst durche Nase Luft, also, glaubst echt, du hast 'n Zweizentner-Rollmops inne Arme. Mein Freund Georg ist in Ohlsdorf bein Krematorium beschäftigt. Sauberen Job. »Kriegst de Kunden gar nicht zu sehn«, sagt er, »gehn in' zuen Sarg durch ne Klappe«, und denn braucht er bloß auffen Auslöseknopf: alles elektrisch, und er muß bloß de Asche inne Urne fülln. Und wenn er nach Cafe Keese, merkt ihn keine seine Beschäftigung an. Bei mir ist das anners. Ich bin bei Phönix in Harburg und da inne Schmelze. Da werden Gummistiefel inne Form geschmolzen. Und ich mein, also, kannst dir gar nicht vorstelln! Manche vonne Kollegen sagen, das stinkt schlimmer als inne Abdeckerei, und de Luft ist ganz grün, und wenn du mal husten mußt, hast 'n Radiergummi in' Taschentuch. Das schlimmste ist aber, wenn du zun Tanzen. Nach Cafe Keese kommst gar nicht erst rein. Aber auch in' schlimmsten Preßluftschuppen, wenn du: »Darf ich bitten«, jede Alte bloß, ich soll mir erstmal mein Profil erneuern lassen. Da bleiben ein' zun Schluß denn bloß noch de Damen von Bräger und Co. Schalli sagt, die habn ganz schön gelenkige Hände von ihre Rollmopsdreherei, und wenn du dich da an gewöhnt hast, riechst das auch gar nicht mehr.

Angeber

Neulich auffen Jahrmarkt, also, ich wär ja gar nicht an diese blöde Maschine ran, weil ich, also mit Angeberei hab ich nix mit in' Sinn, aber der Kleine: immer wieder gebettelt, und kost ja auch bloß ne Mark. Naja, ich denn diesen Hammer, und ausgeholt und auf diesen Lederstrumpf rauf, und ist da son Klotz hochgeschossen und hat den Lukas zweimal umme eigene Achse. Zweimal! Klar, daß de Leute da mit ihre Murmelei, daß man mir das gar nicht ansieht, aber ist echt ne Leistung. Und der Kleine: klar, dasser stolz ist auf sein' Vater, und ich zu ihn, daß das von meine Arbeit kommt, weil ich inne Sekunde zweimal son schwern Hebel auffe linke Seite rüber, und wenn man das jahrelang, also, kriegt man sonne Kräfte von. Und von Mamma ihre Frikadellen!
Ist denn auch noch ein Türke an den Lukas ran: hat sich aber bloß einmal gedreht, weil: diesen Ali kenn ich, weil er in unse Halle ausfegt, und genügt schon ein Blick, dasser spurt, sonst, also, weiß er genau, daß ich über sein Schietkübel stolper, und alles übern Boden, und muß er nochmal fegen, aber war von

mir aus bloß ein Versehn und kann ja mal vorkomm'. Und Ali noch zu mein' Klein', dasser mit alle seine Anstrengung, also, schafft er zweimal nie.
Und mitmal war da noch so ein klein' Buttje. Und mein Uwe kennt ihn, und ist in seine Klasse und der beste. Und war auch sein Vater mit bei und ist Apotheker. Und ich in mein Humor, dasser von seine Salbenreiberei und Pulverabwiegen her ja auch ein ganz schönes Träning, und soll auf den Lukas ... Erst hat er nicht wolln, aber sein Lütter, dasser doch auch mal, und meiner, dasser bei mir zweimal rumgeschlagen hat. Klar, daß er nu auch, und den Hammer, und rauf und — hat dreimal rum! Und ich: »Vielleicht ist was anne Mechanik kaputt«, und selber, und war wieder bloß zweimal! Und denn er, und wieder dreimal! Und noch gegrinst! Ich mein, sowas von gemein: nutzt erst in sein' Beruf de arbeitende Bevölkerung aus mit seine hohe Arzneipreise, und kann sich denn davon de besten Trimmgeräte kaufen und in seine viele Freizeit damit tränieren! Und zu de Mahlzeiten immer bloß Stäiks, wo de Kraft von herkommt, und kann sich der einfache Mensch gar nicht leisten, weil er bloß immer diese bröckeligen Frikadellen mitte alten Brötchen in! Aber statt nu schön ein' auf bescheiden, muß er den einfachen Menschen auch noch vor sein' Kind beleidigen, wo der in zermürbende Arbeit Tag für Tag an seine Maschine und verzehrt seine Kraft! Und ist ja auch Betrug: ich mein, wenn man da jeden Tag anne Quelle bei de Kraftpillen und Vitamine und sowas alles, also, wenn ich das, hätt ich glatt zehnmal gebracht, aber echt! Hab ich mein' Lütten auffen Nachhauseweg auch alles erklärt!

Vorsehung

Meist hab ich das nach de Filme. Wenn da son klein' Jung mit fünf Jahrn nach Amerika kommt und kann kein Wort Englisch, nichtmal ›okeh‹ und sowas, und denn werden seine Eltern auch noch krank und sterben und er: ganz allein auffe Welt. Ich mein, das ist ja nu wirklich 'n miesen Start, aber schon inne Hälfte von' Film hatter de erste Million inne Tasche. Und de Fraun werfen sich ihn in ganze Rudel an' Hals. Ich mein, wenn man nu vergleicht: meine Alten sind ganz in Ordnung, bloß daß seine Leber nicht mehr so ganz ... aber hatter ja selbst Schuld an! Und Schuheputzen hab ich auch nicht brauchen wie der in' Film, hab mein' festen Job inne Stanzerei, kenn den Chef und alles. Aber irgendwie haut das nicht hin! Ich mein, an' Zeug kann das nicht liegen: alles nach de neuste Mode und nicht billig, ich mein, sieht jedenfalls nicht billig aus. Und sonst: Messerschnitt, Siegelring anne Flosse, Herrnparfüm unter de Arme: alles först Klaaß!
Aber wenn ich auch bei de ganz fein' Schuppens antanz, zum Beispiel bei Keese, denn, also irgendwie lauf ich da immer auf Grund. Neulich zun Beispiel: Sitzt da ne Alte: genau sonne Frisur wie Claudia Schiffer. Und ihr Kleid: sowas von Spitze gibt das gar nicht! Und von ihrn Parfüm gehn dir de Schuhe auf. Und du gibst ein' aus, 'n Pony, und das ist das Vornehmste bei Keese, und sagst, daß du beruflich inne Industrie. Und sie sagt was von ›Handel und Gewerbe‹, hört sich ja Klasse an, und ich geb nochn Pony aus, so auf lässig, und zahl mitten Hunderter. Und wird auch richtig gemütlich. Bein Tanzen singen wir beide mit, und sie, dasse zun ersten Mal hier in diesen Lokal, und dasse sonst nur inne ›Vierjahreszeiten‹ und ›Atlantic‹, und da hat se mal Caroline von Monacko gesehn, wie die sich 'n Schaschlik scharf bestellt hat. Das war bei de Jahresversammlung von' Einzelhandelsverband. Und dann

erzählt sie, was das alles für Käsesorten gibt. Das kann ich mir gar nicht vorstelln, und müssen alle verschieden geschnitten werden! Rockfort zun Beispiel geht überhaupt nicht zun Schneiden. Und was da für Kunden reinkomm', und eine Alte will immer 'n Viertel Camembert, und kann man nicht vierteln, weil man vielleicht Pech hat, und er läuft weg, aber die Alte schreckt das nicht.
Klar, daß ich nu anfang und erklär ihr die MTV 319, das Beste, was das an Stanzmaschin' gibt, und wie man mit ihr umgeht, und daß das Öln de Hauptsache ist, und kann man kein' Türken ranlassen, weil die das mitten Öln vergessen.
Naja, wenn ich se denn abschlepp, weiß ich immer schon: wieder 'n Käsefrollein! Als wenn ich 'n Magnet inne Tasche hab, der bloß Käsefrolleins ranzieht!
Ich mein, ich kann machen, was ich will: so wie inne Filme, wo de Kerle irgendwo sagenhaft kuul anne Wand lehn' und lachen son bischen traurig, ziehn bloß ab und zu auf lässig anne Zigarette. Hab mir alles abgekuckt. Klappt auch. Ich mein, ich staub bei jede Damenwahl was ab. Und such mir denn zun Schluß die Vornehmste raus. Aber wenn ich se denn später mitlots und in meine Bude, denn, ich mein: wenn denn die Stunde der Wahrheit: immer bloß 'n Käsefrollein! Wo das wohl an liegt? Manchmal glaub ich tatsächlich, daß das sonne Art Schicksal gibt oder, wie mein Alter immer sagt, ne Vorsehung. —

Befreiung

Also, irgendwie bin ich unheimlich für die Ehrlichkeit. Vor allen Dingen bei den weiblichen Geschlecht. Ist ja auch wahnsinnig, was du da erlebst! Reißt du zun Beispiel bei Cafe Keese was auf. Sieht auch flott aus, richtig sonne Alma Hoppe. Aber dann auffe Bude. Wo du zun Wesentlichen kommst, also, was du da mitmachst! Ich kenn mindestens 30 Sorten von Korsette, eine hatte sogar mal 'n Karnickelfell um, und das in' Hochsommer! Als mein Freund Werner denn, dasser ne ganz heiße Sache weiß, und sogar mitten in Hamburg, und baden alle ganz nackt, ich gleich de Ohrn ausgefahrn. Er denn noch, daß de Fraun da wahnsinnig kontaktfreudig, und er fängt immer mit Rückeneinkrem' an und arbeitet sich dann langsam weiter vor. Oder er spielt mit ihn' Ball, also, richtig wie de unschuldigen Kinder, und ist auch viel billiger als Keese! Klar, daß ich zuerst von meine christliche Scham und gute Erziehung, aber er, daß das da welche mit noch schlimmere Körper gibt. Naja, wir denn auch hin. Und hatte recht gehabt. Als ich de erste Alte, war schon 'n bischen älter und wohl aus den Grunde bein FKK, weil das für ihrn Körper keine passende Badeanzugsgröße mehr gibt, aber ich trotzdem ... naja, hab ich mich schnell auffen Bauch gelegt, konnte knapp noch de Wolldecke unterlegen ... weil nämlich da sonne Art Aufpasser rumstrolchen, von FKK aus, und wenn sie ein' Kerl erwischen, der da ... also rumläuft wie sonne Art Sprungfeder, wenn se durchn mürben Sofabezug knallt, also, der fliegt raus! Wegen de Moral. Sauerein gibt es da nämlich nicht! Komm' ja auch oft Kerle rein, die das ausnutzen, Araber zun Beispiel, oder sogar Türken! Klar, daß die ihre Weiber zu Hause lassen, aber denn nackend in unse deutsche Bäder und unse Fraun und Töchter mitte Augen aufgespießt! Wenn nu einer von diese Brüder da mit seine un-

saubere Blicke, klar, dasser gleich fliegt! Ich mein, von diese Ausländer abgesehn, sind von' FKK unheimlich … also modern … Umgebaute dürfen da nämlich auch rein. Also, mitte Umgebauten kannst was erleben: aalt sich da neulich sonne sagenhafte Torte, und ich ran und: ob ich mit Nivea auffen Puckel rauf, und sie: klar! Aber mit ne Stimme wie Sätschmu erkältet! Hab ich vor Schreck de Niveadose fallnlassen. Und war 'n Umgebauten! Kannst eigentlich bloß da an erkenn', daß die ihre Kunststoffbusen besser aussehn als de Möpse vonne normaln Fraun.
Naja, heute bin ich son richtig abgebrühten FKK-Hasen, und Umgebaute erkenn ich auffen ersten Blick. Und wenn ich son Türken mit ne Sprungfeder, ich ganz lässig auf ihn zu, und dasser ne Fliege machen soll. Ist auch auszuhalten in den Bad, weil da son Kiosk ist mit meine Biermarke, und wenn keine Türken da sind, hock ich den ganzen Tag mit mein Freund Werner vorn Kiosk, und nehm' wir Bestand auf vonne Torten, daß wir nachher auch de richtige aufreißen. Also, richtig gemütlich … und hab ich da so richtig wahre Freiheit kenn'gelernt! Und über de kaputten Spießbürger mit ihre Komplexe und Verklemmtheiten unter ihre nassen Badehosen, da lach ich bloß noch über!

Abendmahl

Also, hab ich neulich erst wieder inne Glotze bei diesen starken Wort zun Sonntag, daß jeden Mensch, also hat seine religiöse Bedürfnisse, und wühlt de Seele in ein' rum, dasse nach Gott sucht oder sogar nach ihn schreit! Ich mein, ich bin ja auch ein' tiefreligiösen Menschen, und als da son ambulanten Händler anne Tür mit Stickvorlagen und Zwirnsortiment, also hat meine Frau ihn das ›Heilige Abendmahl‹ abgenomm', und war ein Sonderangebot. Vielleicht kennst du auch diese starke Sache, wo Jesus mit seine Jünger da ihr Abendbrot, und sitzen an ein' langen Tisch, also, wie die rumwirbeln mit ihre Hände und Füße ... du glaubst, du bist in' Stummfilm, und kannst du gleich an sehn, daß das von ein' Italjener ist, und die ziehn ja immer so ein' ab mit ihre wilden Gesten, zun Beispiel Alfredo bei uns inne Firma, wenn er inne Mittagspause bloß 'n paar Zigaretten holn soll für de Arbeitskollegen, also, ist Mussolini in seine Grimassen nix gegen! Und war dies Bild von ein' gewissen Dawinschi, und der Händler: daß wir nicht enttäuscht sein solln, weil das das Bild nochmal gibt, aber, wie gesagt, bloß in Italien und auf ne Wand gemalt, und bei unsen Wandteppich kostet schon allein der Zwirn 50,– also, ist ein echten Wertgegenstand. Ich mein, war ja eigentlich ein Beschiß, weil da gar kein' weißen Zwirn bei war für de Gesichter, bloß gelben, und sehn nu alle aus, als wenn se seekrank, oder daß da was mit den Essen von den Abendmahl nicht in Ordnung war, wie neulich bei unse Kantine, wo se fünfzig Mann in das Krankenhaus nach diese Fischfrikadellen. Oder wie Fritz Schull sein Täng damals mit seine geschwollene Leber. Oder daß ich sogar an Mao mit seine Konsorten denken muß, weil das gütige Lachen von den Herrn Jesus ist Erika auch son bischen inne Hose gegang', ich mein ausgerutscht, und ist ja auch schwer hinzukriegen mit Kreuzstich, und war ihre erste große Handarbeit mit so ein Motiv. Klar, dasse vorher schon ein Kissenbezug mit ein' brüllenden Hirsch auf ... und hatte sich auch wohl bischen zu fest eingeprägt, weil Petrus, ich mein, hatte irgendwie Ähnlichkeit mit diesen Tier. Als Erika nu ihr Kunstwerk inne Schlafstube, ich zuerst, daß sowas wegen seine Heiligkeit inne Kirche gehört, aber Erika, daß das wegen de Gelbtöne gut zu de besche Bettüberdecke paßt, und ob ich kein Geschmack hab oder was, also, hab ich weiter nix gesagt, ich mein, wenn mir das zuerst auch in meine gute christliche Erziehung, wollmasagen, echt peinlich ... denn wenn man da so seine eheliche Sachen vor diese fromme Gesellschaft bei ihrn Abendbrot, und vergeht ihn' vielleicht ja auch der Appetit von ... Ich mein, ich bin in sonne Sachen ja auch unheimlich sensibel, zun Beispiel, wie wir mit unse Familie da inne Natur mit ein' Picknick, also in den deutschen Wald mit seine heilige Stimmung, und war ich grade bei mein' Kartoffelsalat und kalten Kottlett bein Abnagen, da komm' da mitmal so zwei Dackel, also, was soll ich sagen, richtig gemein ... und ham uns mit ihrer Sauereien de ganze Waldesstimmung kaputtgemacht, und gingen nichtmal aussnander als ich se de Kottlettknochen anne Köppe geschmissen! Oder daß das mit den Bild sogar Gotteslästerung ist, und hat der Papst ja auch aus diese Gründe verboten, und nu soll ich da sonne Leifschau vor unsen Herr Jesus ... ich mein, hatt ich direkt Angst, daß er vielleicht so ein Strafgericht, also, daß er Feuer und Schwefel von' Himmel wie bei Sodom und Gemorrha, und das in unsen Schlafzimmer rein, was grade neu tappziert ist ... aber ist bis jetzt noch immer gutgegang'!

Schön leise sein
bein Hilfeschrein

Silvester

Gestern … also, Silvester … als wir grade, original wie de alten russischen Grafen mit ihrn Sekt inne historische Filme … da knallt das … also, ich denk, das Dach hebt ab. Naja, ich raus, und ist unsen neuen roten Briefkasten … und war vollkomm' zerfetzt! Also, sah aus wie der Reichstach nach sein' Brand damals … Kuluckis über uns hatten den Knall auch, und als ich: ob er auch vielleicht ein' vonne Täter, der den Kanon'schlag in unsen Eigentum rein, hat er so nach rechts rübergezeigt mit sein' Kopp … wo de Türken eingezogen sind mit ihre vier Görn. De andern Nachbarn auch: daß se auch ganz genau … und Wieland: daß er den Memett, den ältesten vonne Türkenjungs, hat er gesehn, wie der da in sein' schlechten Gewissen weg … und Behrens hatte das auch … und hatte der Türken-Memett da auch schon den ganzen Tag rumgeballert … Ich mein, die Frau hat noch nichtmal 'n richtigen Hut, bloß diese billige Kopptücher, aber für Knallerein ist Geld da, und für Kanon'schläge, wo se das Eigentum vonne Deutsche mit inne Luft jagen!
Klar, daß ich hin zu de Türken. Der Memett war da grade bei son alten Fahrrad an' Putzen, und in seine Abgebruhtheit noch ganz frech: »Guten Tag!« und als Krone noch obenauf: »Frohes neues Jahr!« Ich mein, hab mich natürlich beherrscht und: »Du Memett, ich genau wissen: Du: Kanon'schlag in mein Briefkasten und — Bumm!« Und er: »Kanone?« Ich: »Kanonenschlag! Bombe! Du: Bombe in mein' Briefkasten!« Er: »Ich nix Bombe!« Ich: »Du doch Bombe! Und

wenn nochmal, ich: Polizei! Daß du Bombe in mein' Briefkasten.«
Und nu hättst ihn mal sehn solln: bleich wie ne Wand! Und gezittert in sein schlechten Gewissen! Aber noch immer nix an Entschuldigung!
Naja, ich wollt nun auch weiter nix hermachen und nach Hause, und da Erika: de Oma Butt hat se erzählt, daß se gesehn hat, wie de Görn von Dallmanns was in unsen Briefkasten rein, und hat auch gleich geknallt. Naja, die Oma Butt ist schon 'n bischen tütelig ... Aber an' Nachmittag kommt doch der alte Türke mit diesen Memett bei uns anne Haustür! Und ganz laut: daß er und sein Sohn: habn nix gemacht an unsen Briefkasten, und sein Sohn lügt nicht und sonne Scherze ... ganz laut ... und alle Nachbarn hinter de Gardin'! Sowas von peinlich ... Ich auch zu de Türken: ist ja schon gut ... und son Briefkasten ist ja auch nicht de Welt ... und kann er ruhig nach Hause gehn ... Aber er: daß er und sein Sohn und seine Familie: nix Bombe in Briefkasten ... und irgendwas noch von Ehre, aber habn wir schon gar nicht mehr, weil wir: Haustür zu und Radio laut ... was sollst auch sonst ... bei diese aufdringliche Tüpen ...

Mein Schein

Gestern morgen wach ich auf von ein' Geruch, als wenn ich 'n warmen Saftsocken in' Nasenloch hab, aber war mehr brennerig ... zuerst dacht ich, ich wär mitte brenn'de Glimmse eingepennt, und der Tabak — ich mein, ich rauch ja Selbstgequälte, riecht ja auch wie besengte Dachpappe mit »Hund in Frühling« auf. War son runden Brandfleck und bis in das Innlett rein durchgeschmort. Und als ich nu mit meine Flossen, ob meine Haare was abgekriegt ... also, hab ich ein' Schreck ... und zun Spiegel, und da ... also, was hättst du gesagt, wenn du reinkuckst und hast 'n echten Heiligenschein! Ich mein ... an Essen und Trinken konnte das ja nicht ... denn sonst hätte Erika doch auch ein' ... aber lag ohne auf ihrn Kissen ... kokste noch ... Ich erstmal nachgedacht ... über de Konsequenzen ... Auffe eine Seite, ich mein, sparst du ja auch in' härtesten Winter de Baskenmütze, aber sonst ... schlafen kannst nur auffe Asbestmatte ... und denn: fällt ja wahnsinnig auf, und was trägst da für ne Krawatte zu ... und bei meine Arbeit, ich bin inne Verpackung von Bräger und Co, werden se mich wohl inne Folien-Abteilung rein mitte nicht brennbare Verpackung' ... Inne Zwischenzeit war nu auch Erika ... auch von den Geruch, und sie: daß ich den Quatsch lassen soll ... und werd wohl nie erwachsen, und daß ich mich unter de Dusche ... und voll aufdrehn ... Naja, hat wie verrückt gezischt, aber nix geholfen, bloß das Handtuch war in' Eimer. Bein Kaffetrinken habn wir denn da über nachgedacht, was das wohl für 'n Grund, aber habn kein' gefunden ... sind vor zwei Monate sogar ausse Kirche getreten ... Und kann sich Gott doch wohl nicht für bedanken, wenn man aus sein' Abonnement raus, weil: schneidet sich ja in sein eigenes Fleisch mit ... und gute Taten? Wüßt ich auch nicht ... Bei meine Kneipe ... also, hab ich gestern sogar zwei Halbe zuwenig bezahlt ... und als neulich ein' mit sein' VW-Golf an' Straßenrand mit Unfalldreieck, ich schnell mit volle Pulle vorbei mit mein' Mofa ... Anne Partei, die ich immer wähl, kann das auch nicht liegen, weil der erste Vorsitzende von diesen Verein hat nichtmal ein' ... Naja, was soll ich sagen, als ich mit mein' Koppschmuck zur Arbeit ... also, die Kollegen mit ihre Lästerei: daß das von mein' moralischen Lebenswandel kommt, oder ob ich mit den Heiligen Geist 'n Verhältnis hab. Hab ich nicht mehr ausgehalten, und zun Werksarzt. Der natürlich: ob ich sonst Beschwerden, und ich soll mit den Stimulieren aufhören, weil er mich doch nicht krankschreibt, und wenn ich so weitermach, schickt er mich in' Keller inne Ausschußverwertung, da sparn se denn de Neonbeleuchtung ... und hat mir ne Packung Bromtabletten zur Beruhigung ...

Als ich wieder an' Arbeitsplatz, stand da schon son Tüp von' Werkschutz, und der: wenn ich de Kollegen mit diese Sabbotasche weiter von ihre Arbeit ablenk, stör ich den Arbeitsfrieden und geh ich in' Knast, weil ich de Marktwirktschaft unterwühl ... und soll ich mir überlegen, und gibt er mir 90 Minuten für. Stunde später war auch schon ein Knilch vonne Gewerkschaft da und wollte mein' Ausweis zurück ... Und was ich mach, ist sowas von unsolidarischen Verhalten, und fall ich mit meine individualistische Mätzchen de Intressen vonne Kollegen mit in' Rücken, und wenn ich da inne nächste halbe Stunde nicht mit aufhalt und mich so benehm wie de andern Kollegen auch und wie das ein' Proletarier zukommt ... bin ich ihr Kollege gewesen ...

Also, hab ich in meine Angst de furchtbarste Flüche, weil: hab ich geglaubt, geht der Heiligenschein von zurück, aber hat nix genützt ... auch nicht das Saufen nach Feierabend, oder daß ich mit mein' Mofa auffe falsche Straßenseite längs ... ich mein, der Polezist hat ja vor Schreck vergessen, mir 'n Strafzettel ...

Mein' Job war ich andern Tag natürlich los, aber hatte schon massenhafte Angebote: vonne Werbeabteilung von' HEW, vonne Osram-Werbung. Und de Zeugen Jehovas und de CDU sind auch an mich ran: ob ich ein hauptamtlichen Mitarbeiter von ihrn Laden, aber hab ich denn doch nicht ...

Tiefere Gedanken

Also, manchmal, wenn ich ausschalt, weil da bloß diese Problemsachen inne Glotze, die keinein' versteht, denn hab ich immer diese tiefere Ideen ... Zun Beispiel, ob das Leben ein' Sinn hat oder was.

Erika in ihre Besorgnis denn immer: daß ich denn sowas Fremdes in mein' Gesicht, und komm ich vielleicht inne Mittleif-Kreisis, und wenn ich will macht se mir 'n Grog, also, ist richtig ängstlich. Ist ja zu verstehn, weil bei de Wapps, hat der Mann auch mitmal so komisch gekuckt, und de Frau: nix gemerkt, und auch nicht auf reagiert! Und an' nächsten Tag, er: daß er sich bloß noch mal 'n paar Zigaretten aussen Automaten und ist inne Viertelstunde wieder da. Sie in ihre Geduld denn 14 Tage gewartet, aber danach: gleich ne Vermißtenanzeige. Und nun stell dir vor: kriegt sie nach ein' Vierteljahr wirklich Post ... aus Bonn, se soll mal hinkomm', weil da einer von' Rhein angeschwemmt worden ist, und se soll stark sein, weil er schon paar Wochen in' Wasser ... naja, sie auf eigene Kosten hin, aber war er gar nicht! Ich mein, da kriegt se seit diese Zeit dauernd diese Benachrichtigung', denn glaubst gar nicht, was da so alles an Körper gefunden wird und sind nicht mehr zu identifiziern oder bloß noch anne Zahnfüllung... Also, was die Frau mit ihre eigene Augen schon für Anblicke ... Kennt ja auch schon fast alle Schauhäuser inne Bundesrepublik, und ein Herr aus Dortmund hat se auch schon zun Kaffee eingeladen ... ist Witwer und als Kühltechniker sogar pensionsberechtigt ... Ich mein, se hat ja sonst nix zu tun, seit se ihre Rente ... nicht, daß se da auf wartet, daß mal wieder irgendwo ... und Fahrgeld kriegt se ja auch nicht ersetzt! Aber ist doch ne Abwechslung. Ich mein, Erika kann ja noch nichtmal ne Fliege tothaun ... und wenn se Blut sieht, also: gleich schwarz vor Augen ... Und sie auch immer: daß ich bloß nicht auf so blöde Ideen komm wie der Wapp ... und krieg ich immer mein' Grog, wenn ich so komisch kuck ...

Kombination

Was du heute schon alles zusamm' kriegst! Als ich und Erika neulich mit ein paar Freunde vonne dänische Grenze so studienhalber in ein' Pornofilm rein, habn se uns da Körriwurst bei serviert, und hat Erika sich richtig geekelt vor. Oder bein Frisör kriegst du neuerdings zu gleiche Zeit, wo se dir das Tupeh entmotten, 'n Fußbad. Das schärfste war aber neulich, als wir in unse alte Konditorei Krause. Erika denn auch ihrn Appelkuchen mit Sahne bestellt, und ich meine Mohnschnitte, und sind wir schon an' Schlucken, da seh ich an den Tisch gegenüber, also, echt ne Dame: mitte Haare so hochgebürstet und Dekolletee und alles, und seh ich, wie die mit ihr ein' Auge, also, wirft sie mit nach mir, war glaub ich das rechte, und mit den linken hat sie wegen ihrn Silberblick auf mein' Mohnkuchen rauf ... Klar, daß ich rot wie ein, wollmasagen, Primate, und in meine Schüchternheit so zurückgezwinkert, so inne Art wie Udo Jürgens das in seine jungenhafte Art auch immer ... und da, ich denk, mich kneift 'n Ohrwurm: die Dame hoch und an unsen Tisch ran, und: ob ich mit se rauf nach oben! Also, Erika hättst du sehn müssen, wie ihr die Schlagsahne in ihre Überraschung ausse Nasenlöcher raus, und denn: daß se schon immer was geahnt wegen mein' müden Verhalten inne letzte Zeit, und war auch in mein' schlechten Gewissen so freundlich, und daß se sich scheiden läßt, und ich werd mich wundern, und daß ich mit diese Person, soll ich ein Kompott geschmiedet habn gegen de eigene Frau. Aber de Dame: daß in diesen Cafe: ist neuerdings Kombinationsbedienung, und ich hab mich durch mein Zwinkern mitten Auge, also: ist wie ein mündlichen Abschluß von ein' Geschäftsvertrag und ist gültig, und ob ich nun mit hochkomm oder was, und Getränke gehn extra, und Erika kann inne Zwischenzeit ja de kleingedruckten Bedingung' von den Geschäft auffen Kaffeuntersatz studieren, ist alles ganz reell und kostet inne Standard-Ausführung, wo man de Klamotten anbehalten darf, 50,–. Klar, daß ich: ob ich das nicht in Mohnstrudel verrechnen kann, und de Dame: verrechnen ja, aber nicht in Kaffe und Kuchen, aber wir könn' uns von diese Summe ein' »Erotaktivator« leihn, und ist ein vollelektrisches Gerät. Naja, ich denk natürlich, die kommt da mit eine von diese elektrische Zittergurken angeschleppt. Wo mein Freund Werner seine Frau mal ein' fürchterlichen Kurzschluß mit erlebt hat, und seit diese Zeit auch bei Werner gar keine Empfindung' mehr ... aber hatt ich mich verschluckt, weil: war dies ein Eumel ... also, kommt se da vorne durch de Eingangstür mit geschoben! Und zwischen de Gäste durch, und die: gekuckt wie 'n Hahn mitten Wurm in' Hals! Und war noch größer als unsen Hausmeister sein Rasenmäher! Und die Dame: daß das ne Ausführung für Ehepaare in freistehende Einzelhäuser, weil: in ein' Sozialblock, also, ist das Ding wegen seine Lautstärke nicht geeignet wegen sein' Auspuff, und ist ein robuster Zweitakter, und der Karton mitte Zusatzgeräte steht draußen vorn Eingang, und de Gebrauchsanweisung liegt auch bei. Klar, daß ich ihr de Mäuse so inne Flosse gedruckt, und denn: nix wie weg! Und mit ein' Kopp, denn wie de andern Gäste mit ihre höhnische Blicke auf uns rauf, kannst dir gar nicht vorstelln! Aber auffen Nachhauseweg ist mir eingefallen: anne Nebentische habn die bestimmt nicht mitgekriegt, was de Dame uns mit ihre gedämpfte Stimme ... und woher wissen die, daß das kein Rasenmäher ist?

Vonne große Erlebnisse

Soll ja jeden Menschen seine große Erlebnisse habn, also, zumindesten seine Geburt, und hat in unse Mappe gestanden, daß man an diesen Schock: leidet man sein ganzes Leben unter, und zahlt man hinterher auch unter diese Wirkug Kirchensteuern oder wählt de Partei mit den Herrn Jesus sein' Nachnam' in ihre drei Buchstaben. Ich mein, ich hab von meine Geburt ja nicht viel gehabt, weil: ging wahnsinnig schnell, und war in eine Taxe zwischen Gänsemarkt und Hauptbahnhof, und hat ein Beamten mit seine Kartenzange meine Nabelschnur durch, daß ich auf diese Weise ne Zang'geburt. Und hab ich als Andenken an diesen Tag noch de Quittung für de Reinigungsgebühr von' Taxi ... liegt inne Familienbibel. Bei Erika ihre Schwester Aknes war das aber anders, weil die: hat außer ihre Geburt noch sonne einschneidende Sache, und kommt von ihre Reinlichkeit. Kannst dir gar nicht vorstelln, was die alles für Spräis hat! Und benutzt se auch. Und war diese Sache, als sie in ihrn 39sten Lebensjahr, und hatten se ihr von ihrn Ehe-Institut aus schon den 8. Kandidaten inne Wohnung geschickt, und sollte der letzte Versuch sein. Muß ich noch sagen, daß de Typen alle von Hand angebahnt warn, weil davor der Altmann-Computer, also, hat von Aknes ihre Karte jedesmal ein' Defekt ... Jedenfalls, soll der Schluppi um 16 Uhr anglitschen ... Klar, daß sich Aknes vorher mit ihre Spräis ... in ihre Aufregung natürlich paarmal hinternander ... zuerst den mitte garantierte Geruchsbindung für de Hacken ... und so weiter und so fort bis zu den für unter de Achseln und zun Schluß den Mundspräi ... Und als Krönung denn noch den Raumspräi, der, wie der Locki ausse Werbung immer, also, soll ne original erotische Atmosfäre, wollmasagen, herbeizaubern, schon von' Geruch her ... ich mein, daß ein' de Schnürsenkel ausse Ösen

spring' ... Und nun aber: verwechselt Aknes wohl in ihre jungfräuliche Aufregung de Spräis und, was soll ich sagen, war ein' gegen Insekten! Klar, daß nu de Tiere in ganze Schwärme vonne Decke und auffe Torte rauf, welche sogar, also echt, wie diese japanische Todesflieger auffe Ami-Kreuzer, sie: inne Kaffesahne rein! Und will Aknes das Ungeziefer ... daß se das absammelt, da klingelt das! Sie anne Tür, und steht da ... was soll ich sagen, ein Mann, wo sie schon immer von in ihre kühnste Träume ... also, sah genau so aus wie der Herr auffe Asbach-Uralt-Werbung, der den Heiligen Vater ... wie aussen Gesicht geschnitten ... aber vor er ihr noch seine Nelken inne Hand rein ... und daß se keine Umstände, glitscht er auf ein' Brummer auffen Parkett aus, fällt ... also, ist denn irgendwie mitten Kinn bischen unglücklich auffe massive Tischkante ... daß er sich sein' Hals, wollmasagen, richtig geknickt war er ... hat noch nichtmal mitgekriegt, was Aknes in ihre liebevolle Vorbereitung' auffen Tisch da an Ausgaben ...
Sie ihn noch 'n Stück Pflaum'kuchen mit Schlag-fit an sein' Mund, aber warn seine Augen schon an' Brechen ... aber seine letzten Worte, daß das nicht nötig getan hätte ... und hat er ja auch recht mit gehabt ...
Ich mein, wenn das kein Schicksal ist! Triffst an ein' Tag deine große Liebe und verlierst sie paar Minuten später ... durch ein' Spräi ... das ist ja nu schon fast tragisch! Wo du auch den Fluch vonne moderne Technik an erkenn' kannst ...

Nachwirkung

Inne Glotze bring' se ja nu immer öfter diese nostalgischen Sachen mit den Führer. Erika sagt, daß Peter Alexander, ich mein, ist ja auch Österreicher, aber viel sümpatischer! Und bei de Hitler-Filme: auch überhaupt keine Äktschen in! Immer bloß, daß er redet mit seine geballte Fäuste und de heisere Stimme, und denn marschiern da welche. Meistens nachts, und habn denn Fackeln inne Flossen. Also, das sind ja endlose Kolonn', und haun alle zu gleiche Zeit mitte Hacken auf das Pflaster, und von ihre Lieder kriegst bloß so Wörter mit: Reich ... Morgenrot ... Flamme der Zukunft ... und daß das glühende Sonn'rad inne Feinde rein, und das deutsche Blut: blüht wie ne Blume auf ein' eisigen Feld, und da über denn de Fahn', die umme tote deutsche Helden-Herzen gewickelt sind, also: flattern in Richtung Walhalla, und de Adeler sing' ihre Sturmlieder zu, und in' Hintergrund immer Adolf seine dämonische Stimme ... ich weiß nicht ... Jedenfalls: andern Morgen: der Buppert aussen Block nebenan ... ich mein, als er mit seine Blicke in meine Augen rein, hat er gleich gewußt, daß ich de Sendung auch ... Und er: daß er in sein' Innern, hat er da mitmal in seine Seele so ein' Riß gehabt, und sind da aus tiefe verborgene Kammern so Bilder hochgestiegen, also, inne Art von unterirdische Quelln ... und kann er sich gar nicht gegen wehrn ... und komm' ihn nu so Wörter über de Lippen, die er gar nicht will ... und eben bein Kaffetrinken hat er 35mal hintereinander zu seine Alte »Deutschland« gesagt, als sie ihn: ob er Pflaum'mus auf sein Brötchen oder Limburger ... und hat se echt quer ausse Wäsche gekuckt ... Ich zu ihn: daß er sich mal Viertelliter Korn hinter de Kiemen und gelacht, aber als ich später zu Bräger und Co, konnt ich bein Gehn mitmal de Knie nicht mehr krummkriegen, und in' rechten Arm: sowas von Schmerzen!

Gingen erst weg, als ich ihn grade in ein' Winkel von 45° inne Luft rein ... Geschämt? Ach was, hab ich auf mein' kurzen Weg mindestens 12 Mann getroffen: auch alle in' Stechschritt und mitten Deutschen Gruß ...

Entdecker

Manchmal, wenn se inne Glotze so diese historische Sachen aussen Mittelalter, wo de dicken Mönche da ihre Halbe Weine ein' nach 'n andern, und son Ochsenschenkel von' Spieß so inne Faust und ohne Besteck von abbeißen ... ich mein, regt denn immer mein' Apptit an, und ich denn immer zun Kühlschrank und son kalten Kottlett raus und da denn auch rein, also: echt wie die Mönche in' Mittelalter ... ich mein, wenn ich de Prothese schon in' Glas mit diese hügiänische Reinigungstabletten ... ist das mitte Kottletts natürlich Quatsch, weil: kann ich bloß noch lutschen, und zieh mir denn immer son halben Brathahn ausse Kühle ... ich mein, die aus Holland sind ja so weich ... und kannst du original mit Knochen, also: wie Eis an' Stiel mit Brathahngeschmack. Erika sagt, die kriegen de Weichmacher schon mit in das Fressen rein, daß se inne Grillbetriebe nicht so lange an' Rost häng' ... und wenn se von diese Stoffe mal bischen mehr, also, daß der Futterstreuer: hat 'n klein' Flattermann, zack: weichen de Knochen natürlich mit auf ... ich mein, praktisch ist das ja fürn Prothesenträger. Aber hatt ich das mitte Wabbelknochen neulich echt vergessen. Und kam aus diesen Grunde: War in ein' Robin-Hut-Film nämlich wieder diesen Mönch, und er, also, diesmal: kein' Ochsenhintern, sondern auch 'n Hahn ... klar, daß ich: wie Mark Spitz zu de Kühle, mein' holländischen Vogel bei de Ohrn, ihn, zack, den Zellofanpräser runter, und will ihn … da brechen seine Beine ab und er: auffen Teppich, also: wie ein Pudding mit Flügel! Und als ich ihn von unsen Kibek-Perser abschrapen will, geht das nicht! Als wenn da ein riesigen heißen Kaugummi von ein' bösartigen Menschen mit volle Absicht reingetreten ist … und der Kerl vonne Reinigung andern Morgen: daß er mit seine Macht an' Ende, weil: habn de Schemiefasern von' Teppich und de schemische Stoffe in unsen Hahn … also, sonne innige Verbindung, daß se, also, wenn ich de Sache zun Patentamt … ich mein, daß ich wie sonne Art Madamm Kurie mit ihrn Radium, daß ich denn auch ein' neuen schemischen Stoff entdeckt hab, und ist als Kampfmittel vielleicht noch besser als de Neutron'bombe …

Vorgeburtliche Erziehung

Mein Freund Werner sagt, wenn eine Frau 'n Kind kriegt, daß se sich nur mit angenehme Sachen beschäftigen soll, und nennt sich vorgeburtliche Erziehung. Er damals auch, bevor sein Ältesten, also, immer wenn dieser Saddam Hussein inne Glotze, er hin und ausgeschaltet. Und daß der Kleine heute alles vonne Tische reißt, liegt bloß da an, daß Werner seine Frau mal ne Sendung mit Dieter Hildebrandt …

Ich mein, das fing doch schon in' Altertum an, wo de eine römische Kaiserin jeden Tag in' Zirkus. War aber damals noch spannender als heute unse Haesvau-Spiele oder de Rennen auffen Nürburgring, und was der weiße Hai heute bloß auffe Leinwand, habn se damals in Leif gezeigt mit diese Christen, weil se de in diese Zeit für Radikale gehaltn habn. Ich mein, vielleicht war de Kirchensteuer damals wirklich noch höher … oder daß se bloß de Kerle von' »Wort zun Sonntag« vor de

Löwen geworfen habn. Aber gibt das sowas heute ja nicht mehr. Jedenfalls de römische Kaiserin mit ihrn Zirkus-Abonnement und auch noch de brutalen Wagenrennen und wie sich die Glaziatoren inne Haare, also: hat schon auf ihrn Sohn abgefärbt, als der noch gar nicht auffe Welt war, und war Nero. Ne, nicht diesen Schäferhund von Lehmann, wo de Postboten bloß noch ihre Briefe hin, wenn se 'n Edelstahlboden in ihre Diensthosen, sondern diesen Herrn, der sein' Lehrer so furchtbar ärgern wollte. Ich mein, der hat sich aber gar nicht geärgert, und war Nero auch echt sauer über und immer dollere Streiche. Aber der Pädagoge: immer ruhig! Und wollte er diese Ruhe, daß se auf Nero abfärbt, wollte sozusagen als ein Vorbild wirken. Und als Nero zu ihn, daß er sich de Pulsadern aufschneiden soll, und wollte mal sehn, ob er immer noch so ruhig, der Lehrer das auch gemacht. Sollte sein Tod sozusagen als ein lebendiges Unterrichtsbeispiel ... Hat aber nix genützt. In Gegenteil: nach sein' Lehrer hat Nero seine Familie umme Ecke, und später hat er denn de eigene Vaterstadt mit Feuer ... also, fast so schlimm wie unse Sanierung inne Hamburger Neustadt ... Klar, daß wir für Nero überhaupt keine Sümpathie, wenn er auch mit seine Behandlung vonne Lehrer ... ich mein: kann man heute wieder von lern' ...

Hausmeister

Kennst du vielleicht auch diesen Herr Asbach? Also, war ein richtigen Idealisten! Schon von sein' Beruf her! Weil er nämlich mit Leib und Seele bei de Polizei ... Ich mein, de kriegen ja ihre Befehle und könn' da nix für, aber Herr Asbach, wie der sich da reingekniet hat! Zun Beispiel bei diese gefährliche Bevölkerungsinitiative gegen de Castor-Transporte, wo diese Grün' dafür protestiert habn, daß unse Industrie kaputtgehn soll, und de Bevölkerung vielleicht bloß noch mit Petroleumlampen oder vielleicht sogar Kienspäne bein Abendbrot, weil ihn' de Energie fehlt. Also, hat er den Befehl gekriegt, daß er Ansammlung' auflösen soll, und drei Mann sind ja schon ne Menschenansammlung. Und wenn se ein Flugblatt lesen, sogar schon zwei! Naja, er denn, wie ein germanischen Siegfried mit sein' Gummiknüppel auf diese unmännliche Tüpen los mit ihrn Schiß vor de paar Atome mit ihre Strahln. Also, ist er richtig in aufgegang', und auch wenn er nach Dienstschluß, daß da paar Person' auffen Haufen: er gleich dazwischen! Zuletzt sogar bei de Bushaltestelln inne Wartenden rein ... War so ein richtigen Drang, konnt er sich nicht gegen wehrn, und habn se ihn denn nach ein' Jahr aussen Polizeidienst raus. Und ist bei eine Schule Hausmeister geworden. Ich mein, inne Schule ist er ja nicht aufgefalln mit sein' Verhalten, und sowie das geklingelt hat, er inne Klassen rein und de Görn rausgetrieben auffen Hof und da verteilt, und wehe, da blieben welche inne Klasse, denn er auf se los, also, hat da aufgeräumt! Ich mein, da sollte man ihn doch dankbar für sein, weil er ... also, hat er de Schüler doch auch mit auf das Leben inne freie Marktwirtschaft vorbereitet, aber ein' Tag: kam ein Vater inne Schule und hat sich bei den Rekter beschwert, daß das verboten ist, wenn Schüler verprügelt werden, und gibt das sogar ein Gesetz über! Und war wieder ein Mitglied vonne Grün'! Klar, daß der Schulleiter ihn in seine Belehrung: daß das mit den Prügeln bloß für de Pädagogen gilt, und vonne Hausmeister ist in den Gesetz nix erwähnt, und denn soll man auch an denken, daß diesen Hausmeister ein Mensch ist, der von sein' Beruf geformt ist, und auch ein einfachen Menschen, und ist seine einzigste Ausdrucksmöglichkeit, wenn er mit andere Kontakt habn will. Und daß er vielleicht sogar seine Sümpatie mit zeigt in seine unbeholfene Art. Und muß man so ein' Menschen, also, zumindest, daß man ihn bedauert. Zum Schluß hat der vonne Grün' richtig geheult in seine Rührung. Wo du an sehn kannst, daß sogar diese verbohrte Tüpen, daß se menschliche Regung' kenn', mußt ihn' das bloß erklärn!

Autogramme

Ich bin ja Sportler ... sammle Bierdeckel, und sagt Erika: daß das meine einzigste Leidenschaft ist, und kannst dir gar nicht vorstelln, was ich da schon für gefahrvolle Expedition', daß ich an diese Objekte rankomm ... und bin ich direkt mit diesen starken Forscher zu vergleichen, wo se neulich inne Glotze diesen erschütternden Film über gezeigt habn, bloß, was bei mir de Bierdeckel, warn bei ihn de Achttausender. Da ist er denn immer so hoch ... weiter nix ... ich mein, sowas kann bös inne Hose gehn, wenn du nämlich allein so ein' Bergriesen hoch, ich mein, ohne Zeugen, und kommst auch ohne Zeugen wieder runter, denn kannst du Pech habn und glaubt keiner, ich mein, denn war ja alles für nix und wieder nix, und wenn dir das bei diesen Mont Everest passiert, denn ist das ne ganz schöne Verschlucke. Klar, bei sonne Eumel ist da meist ne Fotografentruppe von »Bild« mit bei, daß se deine schwierigste Fasen aufnehm' könn', oder bei de bischen kleinern, zun Beispiel bei de Zugspitze, da kannst du ja mit dein' Trachtenmesser inne Holzwand von den Restaurant: daß du da warst ... Aber was machst bein Nordpol, wo sonst keiner wieder hinkommt zun Kontrolliern, und mit fotografische Motive ist da auch nix? Klar, du kannst mit dein' Stiefel was in den ewigen Eis kratzen oder ne Fahne aufstelln, aber wenn da nu son Pinguin auf deine Markierung sein Nest baut, oder 'n Eisbär frißt das Fahn'tuch vonne Stange, was denn? Da bleibt denn bloß noch, daß du wartest, bis ein Kollege an diese Stelle kommt, daß er bezeugt, daß du da warst. Kannst damit aber auch Pech habn, wie diesen berühmten Käpten Scott und kommt keiner vorbei ... Ich mein, da hat Erika das in ihrn Sport echt leichter, weil: se sammelt Autogramme, aber nur von Künstler. Ob das öde ist? Hab ich zuerst auch zu ihr, weil ich von meine Bierdeckel her: kenn ich diese Vielfalt, und gibt das bestimmt auch bei Autogramme. Daß du denn gleich vonne Schrift her auf den Charakter von den Künstler ... Zun Beispiel bei diese Sängerin mit ihre spitze Striche: genau wie se singt. Oder Herr Herzog: schreibt auch so verschnörkelt. Dagegen Harald Schmidt und Herr Schröder: richtig so energische Striche ... wie in ihrn Leben! Und der Papst und Heino: wahnsinnig bescheiden und einfach mit ihre Kreuze, und heißt ja auch, daß se fromm sind. Aber Erika: daß das auch von ein' einzigen Menschen de verschiedensten Autogramme gibt, und kann se genau sehn, ob ihr Udo Jürgens das Autogramm nache Auszahlung vonne Gage gegeben hat oder nache Mahnung von' Finanzamt, also, ist denn ganz verändert, wie bei Hitler inne letzte Tage aus diesen starken Film, wo er sein' Adolf mit ein' Flattermann auffe Papiere rauf: richtig krakelig, jedenfalls: kannst gleich seine miese Laune an erkenn'.

Zertrümmerte Klischees

Jedes Jahr, wenn der Urlaub an' Horizont hoch, also, hast du wieder den Streß, wo du hinfahrn sollst! Zuerst komm' natürlich diese Orte anne Reihe, wo du astrein in deine Muttersprache de Kellner, was fürn Bier du schlucken willst: so wie

Italien oder Spanien oder Mallorca ... und de Kolonien auffen Balkan ... aber wenn du die durch hast, denn mußt du doch mal in das Ausland!
Ich und Erika uns zuerst überlegt ... daß das ein Land, wo de Sprache so ähnlich sein muß wie unse, weil: auf englisch kann ich bloß ne ganz einfache Unterhaltung, und hängt auch nur mitte menschliche Bedürfnisse zusamm' wie Ail, Sändwitsch, facki-facki und Rödegrödemedflöde, und französisch kann ich auch bloß amuhr und prego, und das kannst ja auch nicht bei alle Gelegenheiten anwenden, zun Beispiel, wenn du tanken willst und sagst das zun Tankwart, ist da ja gar kein Sinn in. Naja, wollten wir denn nach Holland fahrn, ich mein, wärn wir ja auch, wenn wir nicht bei Onkel Max ein' kenn'gelernt hätten, und war ein echten Holländer und bei Max auf Besuch. Ich mein, und nu kannst dir gar nicht vorstelln, was man als normaln Deutschen so für beknackte Ansichten in sein' Kopp ... aber de Wirklichkeit ist ganz anders, und sind de eigene Ansichten bloß diese Klischees, und hat der Holländer mit seine autentische Information' alle zertrümmert! Ich mein, du glaubst doch auch diese Sachen, daß Holland ganz flach mit Windmühln und Kühe in, und de menschliche Bewohner habn blonde Haare und Zähne und Holzklompen vonne selbe Farbe anne Füße, und trinken blonden Tee, wo se blonden Käse in einstippen, und de Kekse von de Beukelaer sehn auch so aus. Und ihre Sprache hört sich wahnsinnig witzig an. Und inne Gärten habn se Tulpen. Und auffe Küchenwände Delfter Kacheln. Und auffe Butterbrote bunte Zuckerstreusel. Und das, sagt der Holländer, ist alles Quatsch, weil: in Holland findst du heute bloß noch Gelbe, also, diese Ambonesen und Molükker und Surinamesen mit ihre asiatische Visagen und Afro-Krause, und leben faul vonne holländische Fürsorgeunterstützung oder von' Taschendiebstahl, und wenn du in ihre Gegenwart über diese wahre Tatsachen bloß mal ne kleine vornehme Andeutung

oder auch bloß, wenn se sich langweiln: stechen se de Weißen mal eben 'n Messer in' Rücken oder entführn Züge und sind sowieso alles Zuhälter, die laufende Meter Püffe in ehemalige Kirchen einrichten, de in bürgerliche Wohnviertel gegenüber von Mädchenpensionate stehn ... und kann de Bevölkerung nix gegen machen, weil de Richter alles Kommenisten sind ... und de korrupte Jurnalisten natürlich mit diese Bande unter eine Decke ... Und wenn ein Deutscher zun Beispiel in sein Auto steigen will, steht da son Tüp und: daß er auf das Auto aufgepaßt hat und will dafür kassiern. Und wenn der Deutsche: daß das doch gar nicht nötig war, er: »So? Nicht nötig?« Und mit ein' Schraubenzieher ne Riesenschramme in' Metallic-Lack rein ... und wenn der Turist nu noch immer nicht mitte Scheine raus, ist da ne ganze Bande und haun dir mit ihre Schraubenzieher de Scheinwerfer kaputt. Und Polezei ist natürlich nicht inne Nähe, und wenn, fragt se bloß, warum man nicht gleich bezahlt hat. Der Rest vonne Bevölkerung sind denn noch Schinesen mit ihre Restaurants, wo se Hunde, Mäuse und Fliegen für ihre indonesische Reistafel verarbeiten, aber ist sowieso bloß Tarnung, weil se in Wirklichkeit Hasch und Heroin schmuggeln oder verbotene Glücksspiele abziehn ... Er denn noch: daß de Holländer mit ihre falsche Tolleranz: sind in paar Jahre ne völlig neue Mischrasse ... von diese Ausländer her, und da kann Prinzgemahl Klaus als einzigen gar nicht gegenanarbeiten ...

Klassiker

Wenn diese Festlichkeiten ... da weißt du doch echt nicht mehr, was du schenken sollst. Gibt jedesmal Streit. Ich mein, wenn du dein' Vater nu das 85. Oberhemd oder de 692. Krawatte, also, ist denn doch schon echt ne Beleidigung. Wir habn das ja auch schon mit geistige Werte versucht: sollte ne Pankokenkapelle ihn morgens ein Ständchen. Aber hatten die nur noch um 14 Uhr ein' Termin, weil, de Leute sind ja wahnsinnig ausgebucht. Und als se denn nachmittags um fünf kamen, hatten wir das Geburtstagskind bis dahin immer wieder: daß nu ganz bestimmt de Überraschung, und war er schon sagenhaft sauer, jedenfalls, als se denn endlich: hatten de unheimlich ein' kleben, also, habn immer verkehrtrum inne Instrumente geblasen, und habn sich de Nachbarn über de Ruhestörung aufgeregt, und Kulucki ihrn Fiffi hat den mitte Posaune den Hosenboden raus ... Aber gibt das neuerdings ne echt originelle Sache. Habn wir nämlich vor paar Wochen von ein' Spezial-Versandhaus aus ein' Katalog ... nee, nicht, was du jetzt denkst, aber mit echt posetive Sachen aussen geistigen Bereich. Und war ein Fragebogen mit bei, und mußte man eintragen: Vor- oder Kosenam' vonne beschenkte Person (möglichst mit eine Silbe, höchstens zwei), Wohnort, Lieblingsspeise, Beruf, Bekannte und Verwandte. Und diese eingetragene Sachen werden denn von ein' Computer mitte Figurn und Tätigkeiten und Schauplätze, die in eine anerkannte Dichtung in sind, ausgewechselt, und kann man wähln zwischen drei Muster: »Faust« und »Tell« und »Taucher«.
Also bei diese starke Sache »Faust« zun Beispiel, wolln wir Onkel Max zun Geburtstag, steht denn immer statt »Faust« »Max« und statt »Gretchen« »Erna«, das ist Max seine Alte. Und der Kerl mit den Gastarbeitername »Mephisto« ist denn

natürlich »Alfredo«, auch ein Itacker und Max sein Kollege bei Bräger und Co anne Presse. Und paßt auch sagenhaft, weil Alfredo ist auch in seine Veranlagung so richtig tückisch. Und de alte Wapp mit ihrn Tratschmaul kommt auch irgendwie in vor, sogar Herr Bräger, nämlich gleich vorne an, wo der »liebe Gott« da mit seine starke Sprüche ... jedenfalls, kannst sagen, was du willst, diese großen Dichter, also: fast so volksnah wie diese witzige »Ohnesorge«-Stücke! Und liegt auch vielleicht da an, weil Max seine viele Berufe: komm' schon an' Anfang vor:
Habe nun ach, bei Jallas und Sohn,
bei Blohm und Voß, bei de Howaldtwerft ... und auch bei Phoenix und diese starke Fischmehlfabrik ... daß Max da überall war, und denn ist er da auch schon mit seine Mittleif-Kreisis an' Wirbeln ... und Alfredo schnackt ihn vor, daß er Erna ausse Kantine anmachen soll, naja, du kennst das ja ... ich mein, bei diese Sache hab ich zun ersten Mal gescheckt, was mein Lehrer Breckwoldt damals immer: daß unse Klassiker für jeden einzelnen mit seine Probleme, also, daß sie da sonne Art Spiegel für ... begreif ich nu erst!

Kaffeefahrt

Also, diese Reiselust, soll ja schon in unsen Blute, wie bei de alten Wickinger mit ihre Kreuzfahrten oder de Kreuzritter ... und auch bei unse Wehrmacht, als se inne russische Wälder rein. Ich mein, ich krieg ja auch immer so ein Zucken inne Glieder ... original wie diese Wildgänse an' Abend, 'vor se durch de Nacht abrauschen ... und hab ich immer, wenn ich diese Anzeigen vonne Kaffeefahrten seh ... und je billiger sonne Fahrt ist, je schlimmer ist das mitte Zuckerei bei mir,

Neulich hatten se auch angeboten: 1 Pfund echten Bien'honig und 1 Pfund echte Butter und 'n echten Autogramm von den bekannten Äntertäiner Sexirexi und ne wundervolle Fahrt mit sachkundige Führung durch den Führer mitten durch de Lüneburger Heide an Löns sein' Grab vorbei ... und ne Rast in' echten Heidegasthof ... und alles zusamm' für nur 17,–. Das reichliche rustikale Mittagessen war ja nicht in' Preis mit enthalten ... und der Besuch vonne Verkaufsausstellung, also, brauchte man auch nicht rein, wenn man nicht wollte.
Jedenfalls, als das um 7 Uhr morgens losging, der Bus mitte Reiselustige: gerammelt voll! Und heiß! Ich mein, bei diese Hitze war das denn auch irgendwie vonne Planung her nicht ganz ... hat uns der Fahrer jedenfalls vorn Losfahrn schon jeden diese süße und fettige Sachen inne Hand ... mit den Honig ging das ja: war in' Glas, aber de Butterpakete: konntst richtig merken, wie de immer schlapper in deine Hand, und lief dir denn auch schon durch de Griffel. De meisten vonne ältern Herrschaften hatten ja nu zwei Weltkriege mitgemacht und de Hungerzeiten, also, warn so erzogen worden, daß se lieber den Heldentod fürs Vaterland, als daß da was umkommt bei ihn' ... und habn de Butter denn so ... also, pur ... in sich rein ... ich mein, wenn nu nicht mitmal nach diese viele Fettigkeit auch noch diesen Sexirexi zugestiegen wär, wär de meisten auch gar nicht ... mit diesen heftigen Unwohlsein ... und ging auch wahnsinnig schnell ... Ich mein, das kann auch anne Hitze in' Bus gelegen habn ... und kam denn diesen säuerlichen Geruch noch dazu ... Klar, der Busfahrer in sein' Bemuhn hat denn so lange anne Heizung rum ... also, zuletzt war die denn auch ganz und gar ... aber war nu de Leute auch wieder nicht recht ... und nach 10 Minuten hatten de meisten tatsächlich original Eiszapfen ausse Nasenlöcher hängen. Nötig getan hätte das ja nu nicht, daß der Fahrer durch sein Mikro: daß Erkältung, soll man nicht mit scherzen, und de meisten alten Leute unterschätzen das und habn denn selber

schuld, wenn se übern Jordan, und wenn da noch 'n verdorbenen Magen zukommt, ist das ja sowieso alles Sense, weil das so eine Belastung für ein' ältern Menschen, daß der … also, hat er ein Wahnsinnsglück, wenn da bloß 'n Gehirnschlag bei rauskommt … weil: ist in diesen Fall ja sofort aus und vorbei … und quält ein' sich nicht noch Monate lang so hin …
Also, hier habn de meisten schon … wie de klein' Kinder mit ihre Heulerei … Klar, daß der Fahrer in sein' Mitleid denn zu Sexirexi, daß er 'n paar von seine lustigen Lieder als Aufheiterung … und als diesen Riesendampfer »Titanic« damals gegen ein' Eisberg und gesunken, hat de Bordkapelle de Passaschiere auch mit lustige Karnevalslieder … so lange abgelenkt, bis ihn' der Blanke Hans inne Instrumente rein … Und Sexirexi denn auch sein Schangson: »Wo de Not an' größten« … also, daß da Gottes Hilfe … wollmasagen … an' nächsten ist … Nach diesen Lied der Fahrer denn wieder: daß de Herrschaften, solln se ihn entschuldigen, weil er da nicht gleich auf gekomm' ist, aber Sexirexi sein Lied hat ihn da wieder auf gebracht, jedenfalls: solln de Herrschaften nicht verzagen, weil: gibt das tatsächlich ein' göttlichen Rettungsanker … in Form von ein' Mittel, was … sogar in diese aussichtslose Fälle, also, hilft garantiert! Und ist ne Spezialdecke aus de seltene Wolle vonne noch seltenere isländische Dickschwanzschafe, und hat er zufällig als Sonderangebot in' Gepäckfach von' Bus liegen für nur 398,95 DM und geht auch auf Raten. Naja, Sexirexi hat nu auch gleich in seine humorvolle Art den bekannten Schangson »Nu danket alle« … also, daß se all zu Gott ihrn Dankeschön. Habn se auch alle mitgesung', bis auf eine alte Dame, und die: daß se schon ne Wolldecke hat … und se will bei diese Verkaufsmethode … will se den Fahrer an ein' andern Ort wiedersprechen und meint se de Gerichte mit … Klar, daß der Fahrer sich gegen diese Querelantin … ich mein, hätt se ja auch raussetzen könn', aber er bloß mit son paar humorvolle Bemerkung', daß de Kälte hat wohl schon

seine Auswirkung auf den Geisteszustand vonne alte Dame, und ob er se wegen ihre Tüdelei nicht zu irgendeine Klinik ... jedenfalls: wenn se auch auffe Knie: daß er ihr ne Dickschwanzschafwolldecke ... für den dreifachen Preis, würd er das nicht ... und daß se diese Spezialwolldecke mit ne gewöhnliche Decke aus Reißwolle in ein' Atenzug, könnt er se schon aus diesen Grunde vor Gericht wegen Beleidigung... Naja, und denn warn wir auch schon an de Stelle mit den Riesenfindling mit den Name von den Heidedichter Hermann Löns auf ... habn wir denn alle, die ein' Apparat, den Stein geknipst ... Und der Fahrer: daß de Leiche unter den kalten Stein, also, tut ihn richtig leid, und würd ihn gerne ne Spezialdecke, wenn er den Dichter durch ihre Wärme, also, ihn wieder in das Leben rein ... und muß er auch immer an Gorch Fock sein nassen Seemannsgrab an' Skagerrak denken, der wär doch auch froh, wenn er da sonne Decke ... weil: ist auch wasserabstoßend imprägniert, weil viele vonne ältere Herrschaften da so Schwicrigkeiten in' Bereich vonne Blase, aber könn' se gern, macht gar nix, weil: saugt de Decke nicht auf! Und an diese Stelle mitmal der Rexi auffen Stein rauf und: »Wo de Nordseewelln trecken« ... auf plattdeutsch ... Also, sind de meisten de Trän' inne Augen in ihre Rührung wegen ihre alte echte Muttersprache ... und bei »dor bün ik to Huus« hat er denn aber, also mitmal mitten Singen Schluß gemacht und ist wieder von' Stein runtergerutscht, weil ihn sein Tupeh von' Kopp geweht war ... Der Fahrer noch: daß Käpten Scott bestimmt wieder gesund von' Nordpol zurück, wenn er diese Spezialdecke ... aber an diese Stelle mitmal ein alten Herr ganz laut: daß er ein Lehrer ist ... und er weiß das, und unter diesen Stein liegt Löns gar nicht, und er hat Hunger, und wie das mitten rustikaln Mittagessen ist. Klar, daß der Fahrer nu ... daß, wer nicht an Löns und Gorch Fock und Käpten Scott, also, da nicht an glaubt, an diese abendländische Kulturwerte, der glaubt auch nicht anne Demokratie ...

Ich mein, wenn dieser Typ nicht in' nächsten Augenblick mit seine Bestellung von 5 Decken unter de Fittiche von den Fahrer ... ich weiß nicht, was de andern Fahrgäste mit ihn gemacht hätten! Ich mein, als Norddeutsche lassen wir uns doch unsen Löns nicht von so ein' nehm'! Jedenfalls: sonne Kaoten machen ein' ja tatsächlich noch unse Demokratie kaputt, wenn ein' nicht aufpaßt! Naja, zun Mittagessen war ja tatsächlich keine Zeit mehr, weil: Sexirexi hat noch erzählt, wie das gekomm' ist, daß er trotz seine Fähigkeiten aussen Fernsehn raus ... und er hat nur seine gute Laune, hat er nur behalten durch diese fantastische preiswerte Spezialdecke und hilft auch gegen Ärger, wenn man zun Beispiel nicht mehr in' Fernseh reinkommt. Naja, und denn hat er noch jeden ein Autogramm auffe Quittung vonne Spezialdecke rauf ... und war diesen ereignisreichen Tag leider schon zu Ende, und find ich, sowas, also, mit diese preiswerte Fahrten, sollten se mal öfter machen! Besonders für unse Alten und habn de wenigstens was von, also, wo se hinterher noch lange von zehrn könn' ...

Echte Treue

Manchmal gibt das ja Sachen, also, da gehst echt mit in deine Erschütterung. Zun Beispiel wohnte in unse Nachbarschaft ein alten Herrn, so umme 80, aber ruhig. Und hatte ein' Dakkel, auch schon bischen älter. Jedenfalls das Tier, als das ein' guten Tag übern Jordan: der Herr ganze Tage hinterher in seine Stube gesessen und geheult, und wenn de Nachbarn ihn was zu essen, hat er das nicht angerührt! Ich mein, geheult hat er da schon nicht mehr, jedenfalls nicht mehr so laut ... und immer so still dagesessen mit seine große starre Augen. Als se den Hund denn zwei Tage später unter de Erde, also, von diesen Tag an war auch der alte Herr wie von' Erdboden verschluckt! Hat man ihn gesucht: auffen Kietz, inne Rentnerpinten, sogar anne unmöglichsten Orte wie Altenklubs und Werkstätten für betagte Bürger, aber nix! Zuletzt aber ein findigen Reporter: hin zu den protestantischen Hundefriedhof. Und tatsächlich: auf den Grab von sein' treuen Lebensgefährten und unheimlich abgemagert: der alte Herr! Hatte da ganz alleine vier Tage gesessen in Sturm und Hagel, aber in aufrechte Haltung! War schon ganz steifgefroren, und habn se zuerst auch gedacht, daß er sonne Art von Monument, und war er ja auch, wollmasagen, als lebendiges Sümbol für echte Treue, und habn se bloß anne Bartstoppeln vonne Leiche gemerkt, daß er ein echten Menschen …

Kreuzfahrt

Du hast doch bestimmt auch schon von diese starke Kreuzfahrten gehört. Also, ist nicht für Reisende, die irgendwohin wolln, oder daß se mitte Schiffe Fracht befördern, nee, die fahrn einfach so … klar, hauptsächlich wegen den guten Essen, da sind diese Schiffe ja berühmt für … Fängt schon morgens an, also, nicht bloß, daß du dir wie 'n normaln Menschen deine Mammeladerundstück hinter de Kiemen schiebst, auffen Schiff hat das schon 17 Gänge! Ich mein, die teiln das ja auf, ist Kaffe 'n Gang für sich, und Milch, und Zucker, und Brötchen, und Butter, und Mammelade, sind schon sechs Gänge! Und weiß man gar nicht als normaln Menschen, daß man jeden Morgen ein' auffe Vornehme schon seine sechs Gänge einwirft. Zun Mittag gibt das denn 35 Gänge und ist echt ne Arbeit, die alle zu schlucken. Ich mein, dazu ist man bei diese Preise ja schon verpflichtet, und bunkerst du also ein, bis dir de Arme abstehn und du so leicht schlecht mit rote Kringel vor de Augen von' Tisch hoch. In solche Fälle ist das natürlich gut, daß du auffen Schiff ... weil: schon der kleinste bischen Seegang, also, hat die Wirkung ... wie bei de alten Römer diese berühmte Pfauenfeder ... Kannst natürlich auch Pech habn und ist kein Seegang, denn mußt du mitte Trimmerei ... aber soll auf diese Schiffe ja von Damen in' Mittelalter wimmeln, und von 45 Jahre an gehn de Fraun ja erst ab ... und ist ja auch so eng auf diese Pötte, daß du se gar nicht ausweichen kannst, jedenfalls hat das ne Wirkung wie Reck, Barren und Matte kombiniert ... Ich mein, da hältst du dein Gewicht schon, daß du nache Kreuzfahrt nicht bloß mitten Anlauf durche Tür kommst.

Meist gehn solche Kreuzfahrten ja auch durch arme Entwicklungsländer mit ihre verhungerte Bevölkerung, und ist aus den Grunde, daß man nach de Landausflüge sein' Gott, wollmasagen fast auffe Knie dankt, daß man nicht so hungert wie diese arme Menschen ... ich mein, die kenn' das ja nicht anders ... aber schmeckt ein' das Abendessen doch viel besser ...

Kann aber auch angehn, daß manche Passaschiere in ihre Sensebeletät abends sonne Art gestörtes Gewissen habn, und ist ihn' der ganze Apptit vergang', weil se immer an diese Armut denken müssen ... Und habn se für diese Fälle Pastoren an Bord. Der erklärt ihn' denn, daß de Armen in Grunde viel reicher sind als de Passaschiere, und eine Brotrinde ist für de Leute schon de letzte Delekatesse, wo se den lieben Gott für danken, und könn' wir von ihn' lern'! Und wenn se wirklich aus Hunger übern Jordan, ist das sicher, daß sie in das Paradies rein, also, daß se eigentlich noch Glück gehabt habn. Und außerdem ist sonne Kreuzfahrt ja auch 'n Geschenk von Gott, sonne Art Belohnung, und weiß er schon, für was, und wenn er das nicht gewollt hätte, hätt er schon gedeichselt, daß man vor de Abfahrt 'n Bein gebrochen hätte oder 'n Arm, weil ohne ihn kein Haar von' Haupte fällt, also, muß von ihn aus erst genehmigt werden, und das gibt Reiche, die sind viel schlimmer an, weil die inmitten von ihre Köstlichkeiten: hokken die mit ein' Magengeschwür, was vielleicht von ihre harte Verantwortung als Scheff kommt, und dürfen bloß Haferschleim.

Die Pastoren gibt das für beide Konfektion', und de evangelischen dürfen noch ihre Frau mitnehm' und de Kinder, de katholischen habn meist ein' jungen Vikar mit bei. Aber auffe nasse Tur reisen se alle. Und ist das sonne Art Belohnung vonne Reedereien aus, und kriegen bloß sonne Geistliche, de in ihre Gemeinde mindestens einmal inne Woche ein' Diskussionsabend mit diese aktuelle Themen: ob man für de Freiheit ist oder ausse Kirche raustreten soll ... Oder: was den modern' Menschen in diese Zeit mehr bringt. Marx oder Jesus oder was ... oder: ob man junges Leben in' Mutterleib abtöten soll oder nicht ... Und denn führn die vonne Regierung ja auch Buch über, wo de wenigsten Kirchenaustritte vorkomm' ...

Ich mein, warn wir ja unheimlich stolz, daß unsen Geistlichen für so ein' Dienst auffe See ausgesucht worden ist, und ist ja wohl auch von' lieben Gott gebongt worden, daß er mit sein' Wohlgefalln, also, hat er sein Auge auf ihn geworfen. Und daß er ihn besonders sümpathisch war, kannst auch da an sehn: als nämlich der Pastor vor den Essen nochmal an Deck, und hat er zu de Passaschiere: daß er mit sein' Schöpfer allein sein will und de Elemente, also, hat sein Scheff das ernstgenomm' und ihn ganz schnell ... war auch Windstärke 10 ...

Ich mein, de Mannschaft hat ja noch gekuckt ... aber war de Sicht zu schlecht ... ich mein, vielleicht daß se auch geglaubt, daß er über de Wogen gewandelt und schon zu Fuß zun nächsten Hafen, weil: ist inne Bibel nämlich auch schon vorgekomm'! Ist aber wohl doch gleich zu sein' Scheff hin ...

Schenies

Also, diese Schenies kannst schon vonne früheste Jugend an erkenn'! Aber daß an ihre Wiege sonne Art Fee und flüstert ihn' inne Löffel, was für ein' Berufszweig se mal nachgehn solln, also: glaub ich nicht an! Oder daß das Schenie nachts und kann nicht schlafen, weil da mitmal so ein Ruf an seine Ohrn wegen diese Berufung: ist auch Quatsch! Oder kommt da son Engel und drückt ihn ein' auffe Stirn, und davon kriegt er denn seine Einfälle: glaub ich auch nicht!
Diese Schenies habn das wohl schon so von Anfang an drinne, ich mein, daß se alles besser und früher machen als de übrige Masse.
Zun Beispiel diesen starken Albert Schweitzer, wenn seine Freunde mit ihre Katapulte auffe Spatzen los, hat er mit seine Predigten so lange auf se ein ... bis ihn' de Lust vergang' ist. Und ein Rehlein mit ... also, hatte sich, glaub ich, das Ohr abgeknickt oder ein' vonne Hufe verstaucht: hat er auch wieder hingebogen. Und war erst zehn Jahre alt! Und später ist er denn ja diesen großen Negerarzt geworden, den wir alle ausse Filme kenn'.
Oder nimm mal den klein' Mozart, der hat mit fünf Jahre schon sein eigenen Saund gehabt! Von den klein' Händel gibt das sogar ein Bild, wie er da nachts mit bloße Füße in sein' dünn' Nachthemdlein allein auffen zugigen Dachboden, wo seine Eltern ihrn Flügel stehn hatten. Und der Kleine in den Schein vonne Kerze war er da bei de Tasten an' Wirbeln. Inne offene Tür standen denn de Eltern, auch in ihre Nachthemden, und natürlich: gerührt! Und kann ich mir vorstelln, daß der Vater denn auch, daß er das Schenie sieht, wenn der Kleine sogar nachts: daß er da von seine Begabung getrieben wird, und will er nicht gegenan, weil: hat ja doch kein' Sinn. Ich mein, war ja echt ne Überwindung, weil er in sein' Beruf

als Mathelehrer oder Steuerberater oder sowas Trocknes, also, hat man ja für diese weichen Sachen wie Musik kein' Sinn für.
Bei den klein' Albert Einstein war das nun genau umgekehrt, weil sein Vater: war was Hohes in Musik, sonne Art Karajan mit sein' dämonischen Dirigiern. Ich mein: bei den, da konntest das richtig von außen sehn, wie ihn diese genialn Kräfte an' Wickel ... Ich mein, ich weiß ja auch, wie sowas ist, weil: ich hab ja selber mal dirigiert ... in' Hofbräuhaus auffen Kietz mit diese starke Bayernkapelle. War auf unsen Betriebsausflug, und ich hatte schon ... also, sowas von Frost inne Gurke gibt das gar nicht ... und sagt mitmal der Scheff, ob ich nicht mal dieses starke Friesenlied dirigiern will, und er schmeißt auch ne Lage für de Musiker. Klar, daß ich denn nach vorne, zwei vonne Stifte habn mich abgestützt, weil ich de Hände: mußt ich ja dirigiern mit, und de Musiker habn denn auch echt unter meine Stabführung ... Und alle ausse Firma denn dieses Lied mit den starken Heimatgefühl, wo de Nordseewelln und so weiter und so fort, bis: dor ist miene Heimat, dor bün ik ... also, ich bin nun schon wieder ganz fertig in meine Sensebeletät ... und wenn du das nicht in dein' Innern, also, kannst du sowas bloß ahn' ... oder, wollmasagen, sogar fühln ... Jedenfalls, wie de machtvolln Stimm' von unsen Betrieb, und den Scheff seine Stimme immer ganz hoch überweg wie bei diese starke Donkosaken, wo auch einer immer ganz hoch, und de andern mit ihre russische Seele und ganz tief: »Womm! Womm!« Und ich mit meine Arme inne Luft ... also, fängt doch mitmal der Scheff ... echt an zu heuln ... und zu mir: daß er, also, hat ihn übermannt, und er war mal mit seine Gemahlin in Bayreuth, wo se immer diesen Wagner geben, und war das längst nicht so stark wie ich mit meine Darbietung ... Jedenfalls, in diese Art war der Alte von Einstein auch, und hat den klein' Albert schon ... also, son Flügel oder was ... ich mein, kann auch ne Baßtuba gewesen sein, mit inne

Wiege gelegt. Aber der Kleine wollte immer bloß rechnen, weiter nix, und ist da ja später auch ... was Joschka inne Poletik: war er inne Rechnerei!
Da ist das mit meine Manuela mit ihre fünf Jahre genauso, und hat se inne Süßwarnabteilung bei Hertie, also, steckten da so Lollies in sonne Stüropurkugel, und stand unter »Lolli-Igel«, also, hat sie alle Lollies halb aufgelutscht. Ich mein, das ist ja nu echt Intellegenz, weil: hat se ja kein' Lolli rausgezogen und mitgenomm', weil das ja Diebstahl und wird bestraft ... ich mein, bei diese Begabung auffen Gebiet vonne Wirtschaft kann sie vielleicht noch mal sonne Art Neckermann in weiblich werden und lutscht denn Million' Kunden ab, und das mitte Lollies steht später inne Betriebskronik.

Ärzte

Weiß ich echt nicht, was de Leute alle gegen de Ärzte habn! Was die durchmachen! Gibt das ja Wahnsinns-Filme über ... und ne ganze Roman-Reihe! Klar, wenn se noch so richtig idealistisch vonne Uni komm', macht ihn' das mitten Diagnosen-Raten noch richtig Spaß, und wenn se nach ihre Untersuchung: daß das bei den Patienten ein original Herzinfarkt, und geben ihn auch de Spritzen dafür, und denn ist das doch de Galle oder daß sich de Därme verknotet habn, also: nehm' se das noch mit Humor und machen da ihre fröhliche Scherze aussen Ärztekalender über, aber wenn se denn später selber als Scheff mit diese Wahnsinns-Verantwortung und den Skalpell inne nervige Hand ... Also, ist ja eigentlich diese Lektüre mehr was für Fraun, weil de ja schon von ihrn Gefühl her irgendwie tiefer als de Männer, aber les ich denn heimlich, und kommt ein Professer von Burgdorf in vor mit

ein' schmalen ernsten Gesicht mit intellegente graue Augen, und anne Seite de Schläfen sind auch grau und wohl auch intellegent.
Jedenfalls er: 24 Stunden lang ein' Patienten nach den andern wegoperiert, und bloß mit seine sonore Stimme zu de dunkelhaarige Schwester Hannelore: »Skalpell« oder »Tupfer«, also, hat er ein' Wahnsinns-Bedarf an, und langt se ihn auch immer hin, und berühn sich ihre Finger bei, und zuckt denn immer durch ihrn Körper durch, als wenn se mitte Flossen in ein' defekten Thoster rein ... Und wird denn in' nächsten Kapitel von den hinterhältigen Dokter Hassan aus Persien ... und ist, also, das glaubst du nicht, wie von' Ehrgeiz kaputtgefressen, ich mein, will selber Scheff werden, also, daß er den Professer von Burgdorf aussen Sattel ... und schlingt auch immer mit seine tückische Schielaugen de Schwester Hannelore in sich rein ... jedenfalls, ein' Tag: dieser Hassan wieder voll wie Hacke, aber von diesen Morfium, was er immer aussen Schrank mitte Betäubungsmittel raus und dafür kleingehackten Würfelzucker wieder rein ... er jedenfalls in sein' ausgeflippten Kopp: fährt ne Dame über ... und natürlich Fahrerflucht. Klar, als de Dame denn auffen Operationstisch, scheckt der Professer, daß das seine Frau ist, diese bekannte Opernsängerin mit all ihre Pläiboybekanntschaften, und die inne ersten 30 Seiten von eine Gala-Premiere zu ne andere, und lag sowieso in Scheidung mit ihrn Mann, weil der nur in sein' Beruf aufgehen wollte. Aber nu, wo er mit seine in ihre Augen rein, kriegt er doch echt 'n Flattermann, weil: fällt ihn mit einmal de ganze Vergang'heit ein, wo er als Junge de Sängerin von den Kirchenchor mit ihre helle Stimme ... und de Lerchen an' Himmel dazu und de alte Kirchenorgel, wo der lahme Küster mitte weißen Haare vor ... und er noch ein jung' Abiturient mit sein' ersten Preis für Jugend forscht, für seine Versuche, wie lange man Frösche aufblasen kann bis se ... also, mit ein' Knall ... und kriegt so ein' Krampf in seine

senible Finger, daß er die Operation an diesen Doktor Hassan, und der natürlich: macht nu ein' von diese Kunstfehler, also, daß er de Luftröhre irgendwie an' Zwölffingerdarm anschließt oder de Lunge mitten Magen zusamm'näht oder sonne makabre Sachen, und betäubt de Opernsängerin mit sein' Würfelzucker. Von ihre Schreie ist natürlich der Professer wieder angelockt worden, ich mein, ändern kann er an de Sache von sein' Kollegen auch nix mehr, aber hört noch de letzte Worte von seine Frau: daß er das man nicht so tragisch nehm' soll, und ist ja auch ihre gerechte Strafe für ihrn Lebenswandel, und hat sie vorhin da ne kleine Krankenschwester gesehn mit sonne warmherzige Augen und niedliche braune Haare, die soll er mal für de nächste Ehe vormerken ... also, wie der Prinz bei diesen Aschenputtel ... und sind auch schon ihre letzten Worte. Inne Zwischenzeit hat der Dr. Hassan versucht, Schwester Hannelore inne Verbandsmull-Deponie reinzustoßen, weil er se da ... also, in seine tierische Sinnlichkeit ... aber kommt in' letzten Moment der Professer, weil ihn das nach de letzte Worte von seine verstorbene Frau wie Schuppen vonne Augen, und wollte er sofort gehorchen ... jedenfalls, der Hassan auf ihn zu, und mit seine Halsschlagader: direkt in das Skalpell rein, was der Professer noch inne Hand ... Klar, daß er mit schreckliche Flüche sein' Geist ... also, gibt er auf ... Schwester Hannelore natürlich mit ein' innigen Leuchten inne Augen anne Brust von den Professer ran ... und ausse Ferne de ernste Stimme von ein' Priester, der bei seine letzte Ölung de tote Opernsängerin an' Beöln ist ... An Ende von' Heft ist denn noch beschrieben, wie de Krankenschwester, ich mein, kommt ja aus kleine Verhältnisse und kann mit den Professergehalt nicht umgehn und: eine Party nach de andere! Zun Schluß läßt se sich noch umschuln als Kunstmalerin und kommt ganz groß raus mit Ausstellung' auffe ganze Welt. Inne Klinik von den Professer aber sind wieder zwei neue Kräfte eingestellt worden: Schwester Erika mit ihre treue blaue Augen und ein gewissen Dr. Mohammed aus Arabien ... Also, bin ich richtig gespannt auf, wie das weitergeht in' nächsten Heft ... Aber eins, verstehst du, will ich dir mal echt ehrlich von Mann zu Mann: Medizin-Professer möcht ich nicht um alles inne Welt ... und wenn se mir auch ein Fantasie-Gehalt von, wollmasagen, 6000,– in' Monat hinblättern!

Störtebeker

Von diesen starken Störtebeker hast du bestimmt auch schon gehört, und war seine größte Begabung: wenn der sich ein' Kanister mit vier Liter Korn an' Hals, also: hat er mit ein' Schluck runter! Und gibt das aus diesen Grunde noch kein' Film über, weil: das bringt nichtmal diesen starken Harald Duhnke, und ... Naja, schließlich habn se ihn mit ihre NATO von damals doch an' Kragen, und inne Art von Prozeß ... habn se ihn da auch ... aber mit noch mehr Menschlichkeit, weil: habn se ihn gleich ... Und habn sogar mit ihrn Verständnis: daß er sich sonne Art Gnade wünschen darf. Und er: daß er einsieht, wenn se ihn mitten Beil de Rübe ab, aber seine Leute solln da nicht unter leiden ... und könn' da ja nix für, weil: habn se ja bloß seine Befehle, wollmasagen, ausgeführt ... wie ein guten Beamten, und hat ja schon immer für seine Leute gesorgt ... und er will gleich nach de Hinrichtung mit abben Kopp anne Reihe von seine Leute längslaufen, also, genau wie bei diese Staatsbesuche, wenn unsen Kanzler mit seine Besucher denn anne aufgestellten Soldaten vorbei mit ihre präsentierte Gewehre ... jedenfalls, wo Störtebeker an vorbeikommt: die sollten nicht mit diesen Fallbeil behan-

delt werden … Naja, habn de von' Senat auch gesagt, daß das gebongt ist, und ist ja auch mal ne kleine Abwechslung bei diese langweilige Hinrichtung', wo doch nur immer dasselbe, und kennt man ja schon, also: bringt so ein klein' Harald-Schmidt-Gäg doch 'n bischen Unterhaltung rein.
Ich mein, de von' Senat hatten ja damals auch schon Humor, und als den Störtebecker de Augen dichtgebunden warn, da habn se de Reihe vonne aufgestellten Seeräuber mit lautlose Zeichen, daß se sich in eine andere Richtung, wo ihr Scheff gar nicht auf eingestellt war, und die das auch gemacht. Klar, als er mit abben Kopp von sein' Richterblock hoch, ist er denn auch inne ganz falsche Richtung losgelatscht, wo keinein stand! Die von' Senat habn sich natürlich Warzen anne Luftröhre gelacht … und habn den Seeräuber voll aussen Blickwinkel verlorn!
Naja, und nu, sagt diesen Volksmund aus Barmbek in sein' Sagenschatz, also, soll er weitergelaufen sein, und ist irgendwie inne Alsterstaffel reingekomm' und erster geworden! Bloß diese Hosteß, die immer vonne Stadt aus den Sieger mit Küsse auf beide Backen, wenn er über sein Zielband rüber ist, also, hat 'n Schock gekriegt! Und als der Sportsenator ihn de Ehrnkette um' Hals, ist die auch immer wieder abgerutscht, weil se kein' Halt. Und ist denn auch von' Sportgericht aus disqualifiziert worden, weil ein Läufer ohne Kopp hat das ja wegen den Luftwiderstand echt leichter, weil da ja keiner ist, und ist unfär.
Ich mein, da gibt das ja noch ein Gerücht, daß er zun Rathausmarkt gelaufen ist … und da auf den Laufsteg, wo de Bürgermeisterkandidaten vor de Wahln wie de Mannekängs anne Ratsherrn vorbei, also, ist er von' paar GAL-Typen raufgeschubst worden, und habn ihn alle gewählt, weil er der einzigste war mit ne sümpatische Ausstrahlung! Hat denn auch lange regiert und auch geheiratet und alles, ich mein,

war vonne Beliebtheit her echt Spitze vonne Hamburger Bürgermeister, weil er alles ohne lange Sabbelei ... paar energische Gesten und war alles! Ich mein: Kopp stört da bloß!

Viel besser

Ich bin ja nun schon so lange bei Bräger und Co, daß wohl schon inne nächste Monate der Scheff mitte goldne Armbanduhr anglitschen muß. Ich mein, wenn Beamte so lange auf ihrn Sessel ... oder auch Politiker, kriegen die ja bloß 'n Verdienstkreuz ... Ich mein, hab ich mir natürlich auch schon ausgemaln, wenn die mir so ein' Eumel um' Hals ... Klar, sieht ja wahnsinnig aus zum Sacko ... aber: wann sollst dir das Ding anstecken? Bei de Arbeit: geht nicht, ist sogar verboten. Nach den Unfall mit Antonio, weil er ja mit seine Halskette, wo er ein' massiven Kruzifix an, also, ist er mit inne Fräse rein, hat ihn der Jesus da echt mit reingezogen, ich mein, wenn das der Dank sein soll, wo Antonio ja jeden Sonntag in seine Messe rein und sogar Kirchensteuer bezahlt!
Und nache Arbeit vor de Glotze ...? Da häng ich mir doch bloß 'n Unterhemd übern Boddi und paßt der Orden auch nicht zu ... Und an' Sonntag inne Kneipe oder auffen Fußballplatz? Da denken de andern Knacker doch gleich, das ist 'n Sümbol von' andern Fußballverein und häng' mich anne eigene Hosenträger auf. Und bei de Familienfeste? Da habn se Max sein Abzeichen von' Bund vonne ehemalige Mariner inne Bowle rein, und mußte Tante Alwine mit ihre gierige Schlucke denn auch mit Blaulicht zun Hafenkrankenhaus, also: hast vonne Uhr echt mehr von ...

Erika scheckt das nicht

Manche Menschen, also, kannst echt bedauern, zun Beispiel diese Caroline von Monacko ... habn nu alles, was das Herz begehrt an Moneten, aber das höchste Glück von diese Erde ... wenn so ein kleines neugeborenes Menschenkind da an ihre Mutterbrust ran ... habn se nie kenn'gelernt ... Ich mein, da ist das mit Erika ja ganz anders, weil: hat ja unsen Thomas, und auch ich ... hab mein' festen Job bei Bräger und Co, kenn den Scheff persönlich ... und sogar der alte Bräger, nicht wie bei de Kanacker: he, Ali, komm mal her! Und sogar bei de Deutschen: immer auf du ... aber bei mir: immer Sie! Nie anders gewesen, und immer Herr! Ich mein, ich sag ihn ja auch de Wahrheit, und wenn er tausendmal der Scheff ist. Da kenn ich nix. Und er weiß das! Als er neulich nämlich: warum ich de zwölfer Kartons inne hinterste Ecke rein ... also, mischt sich immer ein, unsen Scheff ... da kann er nicht anders, aber ich: Herr Bräger, wer hat de Verantwortung für de Verpakkung? Und er: Sie natürlich! Und ich: na, denn lassen Sie das man meine Sorge sein! Und ich denk mir schon was dabei, wenn ich de zwölfer dahin, wo se sind, weil: sind mit ihre Pappe sowas von windempfindlich, aber inne Ecke sind se geschützt, weil da kein Wind hinkommt, und vorne wärn se alle zun Teufel ... und das wolln Se doch wohl nicht oder wie seh ich das? Also, mach ich mir schon meine Gedanken, Herr Bräger! Richtig bischen ironisch hab ich das ... Und er: aber entschuldigen Sie ... und daß er das einsieht, immer wieder, und mir denn 'n 10,– Schein inne Hand für paar Halbe ... So steh ich mit unsen Scheff ... und hab ich mir denn auch de Halben ... ich mein, nicht, daß ich sauf ... ich mein, regelmäßig, wie unsen Nachbarn Kulucki ... und haut mit sein' besoffenen Kopp immer mitte Stiefel gegen die Heizungsrippen, daß das durch das ganze Haus, und ganz laut: daß hier lauter

Spießer wohn', aber an andern Morgen kann er kein' inne Augen kucken!
Oder de Frau von Lehrer Wrumm! Er gibt ja das Fach Musik, ich mein, nu mal ehrlich, so ein Fach fordert de Görn ja geradezu ... daß er se mit so ein' Fach echt provoziert ... wir habn damals ja auch unsen Musiklehrer ... also, habn gebrummt oder gepiepst ... und wenn er mitte Klasse seine deutsche Volkslieder, habn mein Freund Werner und ich immer den Text von »Banane, Zitrone ...« Und er denn immer: wer das war ... immer wieder auf unsen Gäg reingefalln ... ist aber nie rausgekomm'! Jedenfalls, zun Kaputtlachen ... aber der Pauker natürlich: kein' Humor und ist denn auch inne Nervenklinik ... Ich war ja damals schon ... sonne Art Führernatur mit meine witzige Streiche ... und wehe, da hätte einer vonne Klassenkameraden gepetzt ... hatten ein' Wahnsinns-Respekt ... klar, Werner und ich warn ja auch schon zwei Jahre älter ... ich mein, weil ich zweimal ne Klasse, also, hab ich wiederholt, nicht wegen Blödheit ... aber hatte einfach keine Lust ... diesen beknackten Leistungsdruck mit sein' Streß ... hab ich damals schon gescheckt als das diese Wörter noch gar nicht gab ... daß ich da in echt meine Zeit voraus war!
Ich mein, diese Streber inne Schule, und hat mal son Artikel in unse Mappe, sind in' richtigen Leben ja alle Versager ... daß se scheitern ... und hat ihn' alle Paukerei nix genützt ... aber sonne wie ich ... Schörtschill zun Beispiel ... also, sowas von schlechten Zeugnis, aber ist denn später der Führer von den englischen Volk geworden ... oder Sauerbruch aus den starken Film mit diese Wahnsinns-Operation': genau wie ich ...! Ich mein, ich bin ja kein Arzt, wo man de Pazienten, wenn se das verlang', also, mitten inne Nacht zu ihn' hin ... und anne unappetitlichste Körperteile rumgrabbeln ... ich mein: hab ich nicht nötig! Und unsen Scheff: also, so klein, wenn er mit mir redet ... immer höflich ... immer ganz vornehm auf Sie ... und weiß er ja auch, daß ich bei jede Firma in'

Lager ... da nehm' die mich mit Kußhand ... bin nie jemanden hintenrein gekrochen in mein' Leben ... schon inne Schule nicht ... wenn ich bei de Schularbeiten keine Lust zu hatte, konnt der Pauker sich auffen Kopp stellen ... Bismarck war ja auch so ein Dickschädel, hab ich mal in ein' Film ... Aber der Hansi Wrumm damals mit seine Kriecherei: jede Schularbeit gemacht! Und hat denn später auf Lehrer studiert ... ich mein, hätt ich ja gar keine Lust zu, dauernd mitte fremde Görn rumärgern, und darf man die noch nichtmal ihre gerechte Strafe ... Und bei so ein' Beruf mitte viele Ferien, die müssen ja rot werden, wenn die ihr Gehalt abholn, bin ich auch nicht für ... lieber richtig arbeiten mit guten Gewissen. Ich mein, erkennt der Scheff ja auch an ... und heute unterrichtet diesen Hansi Wrumm Musik ... Und erzählt unsen Thomas immer, wie sie ihn fertigmachen ... Also, ist nu auch bald reif für de Klappsmühle ... ich mein, das hat er nu von seine Streberei ... und seine Alte schämt sich natürlich für so ein' Mann ... läuft immer mit ganz rote Augen rum ... ich mein, 'n Audi 100 fahrn se ja, und in' Urlaub: immer ein' auffe Vornehme nach Griechenland oder sonne gebildete Länder ... aber will ich gar nicht ... weil die ihr Bier da unten: ist das Hinterletzte ... und de Hotels sind auch dreckig ... Ich mein, lieber anne Ostsee, aber mit stolze Blicke, als 'n Audi aber mit rotgeheulte Augen ... und hab ich Erika schon oft, was für ein Glück se hat, daß se den Schicksal ... muß sie dankbar sein, aber ... ich weiß nicht ... so richtig begriffen hat se das immer noch nicht ...

Bischen erklärt …

Doll ist das ja nicht mit unse Oma ihre Rente … ich mein, beklagt hat se sich noch nicht, aber was will se mit den Geld? Son alten Menschen hat ja sowieso keine Bedürfnisse mehr … und habn auch schon ’n bischen de Maßstäbe zu de Realität, daß se de verlorn habn. Wapp ihre alte Dame zun Beispiel hat sich neulich von ein’ Vertreter anne Tür … also … bist mal ne Viertelstunde weg, baun de Alten ein’ Mist nach ’n andern. Jedenfalls hat der Locki ihr ’n Moorbad angedreht. Für 135,–! Und solln de Falten auffe Haut von verschwinden, und auch jugendliche Frische und Energie soll davon komm’. Ich mein, ist ja gemein von diese skrupellose Vertreter, alte Leute, die an den Rand von ihrn Grabe … wenn se de so verscheißern … oder ausnutzen! Wollten de Wapps ja auch reklamieren, daß se de Moneten zurück … habn sogar ne Klage … hat aber nix genützt, weil de alte Dame mit ihre Unterschrift und war ja leider nicht entmündigt … Naja, und als de Frau Wapp denn das Moorbad, was ihre alte Mutter, und war ein Pulver, inne Badewanne rein und das Wasser rüber … muß se da irgendwas falsch gemacht habn … weil das ein’ unheimlichen Kleister … und ist de Wanne denn auch von verstopft. Also, will ich mal sagen: sonne Zicken hat unse Oma ja denn doch noch nicht … Aber als se neulich, ob se Taschengeld … und andere Alte geben ihre Rente auch nicht ganz ab … da ich ihr natürlich das mitte »andere Alte« mal ’n bischen beigebogen. Ich mein, was will se auch … sitzt in ihrn Glück inne Geborgenheit von den Schoß vonne Familie und beklagt sich! Und kann doch weiß Gott den Schöpfer auffe Knie … daß ich nicht so brutal wie de andern … mit ihre Alten … Soll se doch mal reinkucken inne Mappe, was da los ist! Die bringen doch fast jede Woche … ich mein, diese unappetitliche Sachen häng’ ein’ ja doch schon zun Halse raus, und fragt man sich, ob diese Jurnalisten nix Besseres einfällt als immer bloß diese Alten-Sachen, wo se ihr Publikum mit unterhalten könn'! Ist doch wahr ... immer, wenn da mal keine Prinzessin mit ihrn Nachwuchs ... oder de Schneemenschen von' Himalaja machen Urlaub ... oder das Ungeheuer von Loch Neß ist in' Winterschlaf, also, in diese Saure-Gurken-Zeit, zack, komm' se mit ihre Alten-Berichte ... Naja, in diesen Fall hat das ja mal echt 'n Sinn gehabt, weil ich Oma das mal 'n bischen, damit se ... ich mein, Dank will ich nicht und verlang ich auch nicht, aber soll se doch mal wissen, was los ist! Und wenn se mit ihre Rente ... ich mein, Einzelzimmer ist ja gar nicht drin mit ihre paar Kröten ... und wohnt denn mit sonne Alte zusamm', de in ihrn Alterswahnsinn nachts hoch und unse Oma anne Kehle ... ich mein, genügt ja schon, wenn se tüdelt, aber macht nachts ... daß se inne Bettwäsche ... und Oma muß das saubermachen! Ich mein, sonne Sachen und sonst weiter nix: da könn' de Alten ja noch von Glück sagen, weil: de meisten Stories inne Mappe sind ja über diese Altenbetreuer! Also: frag nicht nach Sonn'schein ... Und de Alten nix zu essen geben und se verprügeln ist noch gar nix, und se anne Betten fesseln oder in' dunkeln Kohlnkeller rein, ist auch normal ... Klar, wenn se diese Ersatzdienstleistende auffe Alten loslassen ... also, habn die ja nicht de Möglichkeit wie de normaln jung' Leute bei de Bundeswehr ... daß se ihre Aggression' bei de Grundausbildung oder daß se mit aufgepflanzte Bajonette inne Pappkameraden rein ... und müssen diese von' Ersatz mit ihre Aggression' auffe Alten los ... Naja, hab ich mir mal de Zeit genomm' und unse Oma diese Artikel ... bischen erklärt ... und hat se seit diese Zeit nicht mehr diese Anwandlung' ... Also, weiß ich gar nicht, was andere Familien über ihre Alten klagen, muß man sich bloß mal bischen Zeit für se nehm' ... und kommt man denn auch gut mit ihn' aus!

Schaum

Also, manchmal, da bin ich so fertig, wenn ich da 'n Zeugen Jehovas seh, da glaub ich ihn das direkt, daß inne nächste Woche de Welt untergeht. Und wenn ich denn noch Pech hab und ist kein Schlußverkauf, wo ich mich in das Gedränge rein und in ne Viertelstunde so meine 8 bis 10 Brieftaschen machen kann. Und inne Nebenstraßen keine alte Dam', und wenn mal eine, denn hat se keine Handtasche. Und wenn de Leute bei de Schlimmbisse höchstens ihrn Senf auffe Pappteller lassen, also, denn bleibt bloß noch Konditorei Kaul. Da bestell ich mir denn 2 Paar Wiener und Doppelportion Kartoffelsalat, und wenn ich das auf hab, hol ich mir de Zahnpastatube ausse Tasche, schraub auf, drück mir 3 cm Zahnpasta in' Mund, kau se durch, bis ich schön viel weißen Schaum hab. Wenn das genug ist, mach ich 'n Mund auf und laß ihn übers Kinn ... Klar, daß de Kunden von ihre Stühle hoch und rüberkucken, welche lassen sogar de Eßbestecke vor Schreck auffen Boden falln und schrein »Igitt« oder sowas. Und denn sind auch schon de Servierfräuleins da und wolln mir mit ihre Servietten vorn Mund, aber ich laß immer mehr Schaum raus und schrei:

»Der Kartoffelsalat!«

Nicht, daß er schlecht ist oder daß ich vergiftet bin oder sowas, weil das ja Betrug ist und strafbar, aber wenn man bloß »Der Kartoffelsalat!« schreit, ist das nicht strafbar. Naja, die lassen mich denn durch 'n Hintereingang raus, und bezahln brauch ich nicht. Bein letzten Mal habn se allerdings mitte Polezei gedroht, weil ich de Gäste verekel, und mal ist ihre Geduld zu Ende. Klar, wenn man das fünf Mal in eine Woche abzieht: ich kann de Leute verstehn. Dabei sieht son schönen weißen Schaum gar nicht so schlecht aus ... wo die vonne Waschmittelindustrie doch auch damit werben ...

Der wahnsinnige Rhabarber

Geboren!

Ein Kind nun der Wolke, der Erde, lebfrischen Grüns. Der staubigen Großstadt entronnen!
Heiliger Boden, dein Atem kühlt mir die Stirne,
lockt meine Hände zu harter, zu einfacher Arbeit …
Oh, singen möchte ich, jubeln, frohlocken, predigen den Lerchen, den Tautropfen, der Wespe, den zartblauen Fingerhüten voll süßen Giftes. Ich spüre, wie es sich mir wie eine dunkle Woge zum Herzen drängt. Mit ausgebreiteten Armen bin ich heute morgen in den Kuhstall gelaufen, habe mein Gesicht in dem frischen Dung vergraben! Klaus-Dieter, der gerade mit dem Melken beginnen wollte, verstand mich nicht. In unserer Encounter-Group will ich ihm heute abend das NEUE zu erklären versuchen …
Eine Schwester der Ähren, der Bäume, der Käfer, der Bodenkrume will ich werden! Körper von ihrem Körper! Geist von ihrem Geist … Herr P. hat uns besucht. Er trug einen indischen Turban und will sich auf die Fabrikation von Plastik-Stroh werfen. Jedermann wolle heute sein Haus mit Stroh eingedeckt haben, und die natürlichen Vorräte seien bald erschöpft. Außerdem könne schwer entflammbares Plastik-Stroh die Brandgefahr herabsetzen, das käme dann auch versicherungsmäßig billiger …
Oh, Erde, wird man dich auch bald künstlich herstellen?

(Aus dem Tagebuch Lindgret A.'s, Mitglied der Alternativen Landkommune »Erdmutter«.)

Laube I

Wir haben ja nu auch unse Laube draußen ... da inne freie Natur ... ne 400 qm-Parzelle. Also, die Natur da draußen ... gar nicht mitte Betonwüste vonne Großstadt zu vergleichen ... schon allein diese ländliche Geräusche dazu, wenn die Augen zumachst, glaubst du, du bist da bei de Heidi ihrn Alm-Ödi in Vollpension: hörst du echt Bien' und Grilln ... das Froschquarken vonne Knüffermanns auf Parzelle 976 war ja Blöff ... habn sie von' Tonband ... weil die Nachbarn glauben sollten, sie hätten in ihrn 2qm-Betonbecken mitte künstliche Seerosen 'n echten Frosch ... Herr Studienrat Ziepel hat uns da draußen ja mal besucht, und er: schon allein diese Landluft ist von ihre ruhige Atmosphäre her die Monatsmiete von 300,– wert ... er hat ja noch weiter in sein' Vortrag, aber habn wir nicht mehr mitgekriegt, weil in diesen Moment: war das ja 3 Uhr, wo alle Nachbarn zu gleiche Zeit mit ihre Motormäher über ihre Rasen ...

Laube II

Die Nachbarn von unse Schreberparzelle sind ja alle — Originale kannst da ja schon fast sagen, zun Beispiel Herr Ingenieur Wach ... mit seine razionelle Bodenbewirtschaftung. Als er auf seine 400qm-Parzelle seinen 100qm-Schuppen rauf für die Automatik-Fräse und den Motorpflug und den Mäher und die Pflückmaschine, hat noch keinein sich was bei gedacht. Als er später denn noch die Motorhacke mit den Kultivatorvorsatz und de Walz-Vorrichtung, hat er aber schon anbaun müssen ... Und nu hat er ja die große Halle ... also, du glaubst, du bist in Fuhlsbüttel ... aber zun Anbau ist natürlich kein Platz mehr da, und nervt er darum Tag und Nacht seine Nachbarn, ob er da nicht mal seine Geräte einsetzen kann, bloß, damit sie nicht rosten ... und hat er auch schon mal heimlich ... also, nachts, da 'n Stück durchgefräst ... bei Schnoor zun Beispiel ... aber hat ihn der Schnoor angezeigt, weil: warn die Kartoffeln ja schon drin gewesen ... und die andern Nachbarn, Dr. Hüttmann, wo er heimlich mit seine automatische Hacke, hat ihn sogar echt ein' an' Ballon ... also, schwere Körperverletzung hat inne Zeitung gestanden, weil er seine Parzelle ... sozusagen als Ausgleich für seine geistige Tätigkeit in sein' Beruf als Oberstabsarzt bein Bund ... wollte er jeden Quadratzentimeter von Hand und mitten Spaten ... und hat ihn der Ingenieur Wach ja nu alles versaut mit seine Maschine ...

Laube III

Die Wastelmanns ... habn ihre Laube in' Kleingartenverein zwei Parzelln weiter ... also, die habn ja echt 'n Wurm inne Nuß. Und sind die ihre Kinder auch auf sonne komische Schule, wo sie gar keine vernünftigen Fächer lern' mit Geschichtszahln und Grammatik-Regeln und diese Sachen, die man für das spätere Leben braucht, ne, die daddeln da 'n ganzen Tag auf Musikinstrumente rum und maln Papier voll mit so bunte Schmierereien, wo man nicht weiß, was das sein soll ... kriegen nicht mal richtige Zensurn!
Also, wie da die Kinder auffen Ernst des Lebens vorbereitet werden solln, weiß ich nicht. Jedenfalls, das Schönste: kriegen sie da beigebracht, daß inne Natur, also, in diese Pflanzen und Tiere ... solln überall Geister in wohn' ... und sind irgendwie

auch die Seeln vonne Sache, und kann man mit die echt in' Kontakt ... in sonne Art zarte Zwiesprache ... oder stumme Unterhaltung oder was ... jedenfalls, muß man da mitte Ohrn ran anne Blätter und denn irgendwie lauschen ... Mußt dir das mal plastisch vorstelln, du gehst an Wastelmann seine Parzelle vorbei und siehst ihn da mitte Ohrn anne Rhabarberblätter ... und sabbelt auf sie ein! Jedenfalls, die Kinder tun mir leid ... in' Grunde könn' die da ja auch nix für ... für sonne Erziehung! Und der lütte Wastelmann hat neulich ganz laut geheult, bloß weil Erika was von unsen Rhabarber abgeschnitten hat ... Mußt dir mal vorstelln, wie die Kinder in sonne Schuln kaputtgemacht werden, daß sie in Ohnmacht falln, wenn unsen Thomas mit sein' Fahrrad bloß mal über ne Schnecke rüberfährt! Und sollst die Görn vonne Wastelmanns mal hörn, wenn sie in ihrn natürlichen Komposthaufen rumwühln: »Oh, kuck mal, dieses Blatt mit seine wunderschöne Farbe! Und diesen Ast mit seine Form!« Sogar an einfache Kieselsteine ziehn sie sich hoch ... und an Grashalme. Aber meinst, die zupfen Unkraut auf ihre Parzelle? Gar nicht an zu denken! Und wolln gebildet sein! Nee, Unkraut ausreißen, hat der Wastelmann mal zu Erika: das ist für ihn nix anderes als Mord ... und die Einteilung in Nutzpflanzen und Unkraut ist für ihn sowieso ne Vorstufe zun Rassismus ... Ich mein, der hat doch echt 'n Nagel in' Kopp ... hab ich ihn auch zu Rede gestellt, warum er denn überhaupt ne Parzelle hat, wenn er die doch nicht in Ordnung hält ... Ich mein, der düngt ja nichtmal, wie sich das gehört. Weil: kommt natürlich auch nur natürlichen Kompost für ihn in Frage, weil Kunstdünger: solln die Seeln vonne Pflanzen wahnsinnig von werden!

Kannst dir sowas vorstelln? Die Seeln vonne Pflanzen! Da soll er mal lieber seine eigene Seele untersuchen lassen! Ich mein, so ein Mensch, der macht ein' ganz schön fertig ... Wenn der nu mitmal durchdreht? Sowas wird ja immer schlimmer … Naja, gewundert hat er sich denn doch, als seine Brennesseln und das Franzosenkraut mitmal ganz schwarz, und sind denn auch eingegang', aber dafür sein Rhabarber: fast zwei Meter hoch! Und hat er dauernd bei de Nachbarn rumgelabert, daß das vielleicht doch sonne Art Ordnung vonne Mutter Natur gibt, und die weiß schon, warum sie die ein' Pflanzen eingehn läßt und die andern strotzen … Klar, hab ich mich ja beölt, weil: war gar nicht die Mutter Natur mit ihre Ordnung … und war bloß ich mit »Unkraut-Ex« und Kalifosfat … und bin ich mal gespannt auf seine Zwiesprache mit den wahnsinnigen Rhabarber!

Laube IV

Zwei Quadratmeter von unsen Schrebergarten sollte ja englischen Park-Rasen werden, und da hat Tante Berta uns ja ein' Gartenzwerg für geschenkt. Stand einfach so da mit ne Laterne inne Hand. Nu is ne Laterne an' hellen Tag ja sowieso schon Schwachsinn, aber auch, daß er so dastand … einfach so … hat mich wahnsinnig gemacht. War genauso, als ich damals bei Bräger und Co in' Verpackungslager … hatten sie mir den Türke Ali zugeteilt. Wie der mich fertiggemacht hat mit seine Nerverei: was er machen soll, also, so umstapeln, auffegen und diese Sachen. Hab ich ihn auch gesagt … und hat er auch gemacht … Aber denn: genauso rumgestanden wie diesen Zwerg. Steht inne Arbeitszeit rum! Klar, daß ich: so soll ihn mal der Scheff sehn, so als Arbeiterdenkmal, daß wird er sich aber wundern. Und er soll da nicht wie ein hirnlosen Roboter … und sich gefälligst die Arbeit einteiln … diese Fegerei. Und den Schiet nicht gleich in' Eimer und in' Müllkontehner, sondern mal erst so von eine Ecke inne an-

dere … oder ob Herr Bräger denken soll, hier gibt das nix zu tun, und wir stehn bloß so rum für sein Geld? Naja, heute spurt Ali ja und arbeitet … also, wie ein echten Deutschen … und hat Herr Bräger neulich bei ein' Kontrollgang sogar: ob wir das in' Lager auch alleine schaffen, oder ob er mir noch 'n zweiten Türke zuweisen soll … Jedenfalls, diesen Zwerg hat mich ja genauso genervt … und hab ich ihn eingetauscht gegen ein' beweglichen Kollegen mit sonne Art Eispickel … den kannst du nämlich mit ne Schnur anne Steckdose anschließen, denn schwingt er sein' Pickel hoch und hackt ihn wahnsinnig natürlich inne Erde rein … fünfmal inne Minute. Naja, nu ist das ja auch bekloppt, mitten Eispickel in' Rasen reinzuhaun, und hab ich denn aus Beton sonne Art Berg gegossen … oder Bergwerk … nimmt uns ja 'n bischen das Licht weg, aber 'n Berg unter 5 Meter ist ja kein Berg … und vonne Breite her mußte er natürlich auch die richtigen Maße … Klar, daß bei so ein' massiven Eumel … sah ein einzigen Zwerg richtig traurig aus … jedenfalls, hab ich denn nach und nach ne ganze Mannschaft: zwei mitten Pickel, hacken in so'n Steinhaufen rein, fünf sammeln Steine auf und werfen sie richtig in' Eimer rein, drei heben die Eimer hoch, kippen sie aus und stelln sie leer wieder hin. Und alles fängt wieder von vorne an, immer mit den gleichen Steinhaufen … sind alle Zwerge mit beschäftigt.
Komm' auch schon ganze Schulklassen zum Ankucken. Und erklärt ihn' der Lehrer, daß die Arbeit inne Behörden: funktioniert genauso, bloß habs sie da statts de Steinhaufen: Papierstapel.
Natürlich ist das 'n bischen laut wegen de 4 Dieselmotoren, und die Luft ist auch blau … wegen de Abgase … Aber für so ein technisches Wunderwerk muß die Bevölkerung schon mal 'n Opfer bringn …

Unsen Aktiv-Urlaub

Urlaub, das kannst du original in jeden Prospekt nachlesen, sind diese schönste Tage in' Jahr, wo du so richtig in Freiheit ausspann' mußt von den Streß und de Hetze in' Beruf … Naja, ich mein, so nervig ist mein Job bei Bräger und Co ja nicht … inne Verpackung … und höchstens, wenn der Scheff da auf seine Kontrollgänge … wirbeln wir da bischen rum mitte Kartons … aber sonst … meistens unterhalten wir uns ja über … also, erzähl ich Antonio und Ali, was ich in mein' Urlaub alles vorhab … Das wichtigste ist ja diesen Kontakt mitte fremde Umgebung … und daß man neue Menschen kenn'lernt … klar, in' Ausland fahrn ist ja Quatsch, weil die Leute inne ärmere Länder, wo du noch billig leben kannst, verstehn ja kein Deutsch in ihre Primitivität … sicher, anne Sehenswürdigkeiten … Ruin' sind das ja meistens … steht ja auch immer auf deutsch auf, was das mal gewesen sein soll … aber auch diese ungewohnte Speisen mit den Öl in … wir warn ja mal mit ne Reisegesellschaft in Tunesien, da dokterst du noch Wochen später mit Kohletabletten an Allah seine Rache rum … Nee, wir fahrn … wie alle aus unse Firma … schon seit Jahre anne See … in Deutschland … und gibt das hier sowieso mehr Ausländer als in diese Zeit in Spanien und Italien … und diese Ausländer sprechen sogar deutsch … als Kellner … und vonne Reisezeit her dauert das genauso lange als wenn du mitten Flugzeug nach Bangkok, weil: kannst du höchstens in 30-km-Tempo wegen de viele Staus.
Naja, wenn du das endlich doch geschafft hast … und hast alle die Bekannten begrüßt … wir wohn' ja in jeden Jahr in unsen Appartement 1028 in' 16. Stockwerk von unsen Feriencenter … fährst du gemütlich zun Essen runter … wir sind ja immer inne 4. Schicht den Speisesaal 9 zugeteilt … also, ich weiß nicht, schon bei diese Fahrt mitten Fahrstuhl: hab ich richtig

son heimatliches Gefühl, weil: sind in diesen Fahrstuhl genau dieselben Sprüche oder sogar Nam' reingekliert wie in den Fahrstuhl von unsen Neue-Heimat-Block oder in diesen Firmen-Aufzug von Bräger und Co.
Das Essen, diese Menüs, sind auch genauso ausgewogen in ihre Vitamine wie in unse Kantine von unse Firma ... und habn sich die Mänätscher extra so ausgedacht, damit die Urlauber nicht diesen gefährlichen Umgewöhnungsschock kriegen.
Was hier natürlich ganz anders ist als in unse Firma ... zum Beispiel: inne Verpackung hab ich ganz und gar freie Hand, kann mir die Arbeit einteiln wie ich das will, aber hier in unsen Feriencenter läuft sowas natürlich nicht! Und machen alles diese Anematöre! Und sind das ja diese dünamische Spezialisten, die für deine Freizeit und Entspannung oder sogar Aktivität: sind sie für verantwortlich, daß das damit hinhaut! Morgens geht das schon los: um 7 Uhr ist Wecken, und gleich anschließend, noch vorn Frühstück, joggen wir schon los, in' Watt rein, um mit nüchtern' Magen diesen einmaligen Sonn'aufgang übern Meer zu beobachten mit unse 400-Mann-Gruppe ... Nachen Frühstück geht das denn weiter mit »Wattvögel belauschen«. Erika macht denn bei ne andere Gruppe mit, die auf Muschelsammeln spezialisiert ist. Denn ist da natürlich noch unsen Volkstanzkurs, denn ist Mittag, und anschließend bin ich denn wieder bei ne männliche Trimmgruppe, Erika macht in diese Zeit sonne weibliche Gümnastik mit. Denn ist Kaffetrinken. Danach geht das weiter mit ne Bastelgruppe, wo man aus de gesammelte Muscheln Muschelkästen bastelt oder diese geschmackvolle Kränze aus Seetang ... diese künstlerische Sachen ... nachen Abendbrot habn wir denn noch unsen Volksliederkreis und den Dia-Zirkel, wo sie ein' Dias zeigen, wie romantisch unsen Urlaubsort vor 100 Jahre ausgesehen hat.
Klar, daß das zwischen de Sommergäste, gibt das natürlich

auch diese Meckerer, die diesen Einsatz vonne Anematöre: erkenn' sie nicht an in ihre Undankbarkeit! Und einer von diese Tüpen neulich sogar: das ist ja schlimmer als bein Bund bei de Grundausbildung, was die Gäste alles mitmachen müssen! Ich mein, bischen anstrengend ist das ja, und wollt ich in diesen Urlaub auch nicht wieder so viele Sachen mitmachen, aber wenn diese netten Jungs bei ein' ankomm', ob du nicht wieder bei ihrn Haufen dabeisein willst, magst auch wieder nicht nein sagen ... wenn sogar unsen Opa mit seine 75 Jahre noch voll mitmacht, und er immer: daß diesen Programm: ist genauso knackig wie damals, als er sein' ersten Urlaub mit Oma ... und hieß damals Kadeeff oder so ähnlich ... Jedenfalls, wenn das ganz schlimm wird mit diese viele nervige Jobs, sag ich mir immer: die paar Wochen hältst du schon noch durch, und hinterher kann man sich denn ja wieder ausruhn bei unse Firma in' Verpackungslager.

Vonne Inseln

Damals, als ich bei Bräger und Co noch inne Fertigung war, mit den verrückten Daimler zusamm', der sich denn bei de neue Fräse den Daum' ab, also, hab ich in diese Zeit ja Erika kenn'gelernt, und weiß ich noch genau, daß wir damals immer: wie schön das wohl sein muß, wenn wir auf ne einsame Insel ... Naja, wir wohnten ja damals auf Untermiete bei ihre Eltern, und ihre Mutter: sich bei jeden Scheiß eingemischt. Naja, mit Erika ihre Kocherei war das ja tatsächlich noch nix, und unsen klein' Thomas auch noch immer dazwischen: hat er da Tag und Nacht mit seine Stimme, also: wie ein Streifenwagen!
Ne, mitte Insel hat das nicht geklappt, aber habn wir denn ja

gottseidank unse 2 $1/_2$-Zimmer-Wohnung in den Neue-Heimat-Block. Heute habn wir ja nun 18 Jahre eine sehr glückliche Ehe … hinter uns und, ich mein, komisch ist das ja, hab ich inne letzte Jahre auch wieder diese Wunschträume vonne Insel, daß ich da, wie diesen einsam' Robinson ausse Jugendsendung', endlich mal meine Ruhe … aber statts Robinson sein' Papagei mit sein' Geplapper müßte ich denn die Glotze mit Herr Wickert … oder meine Zeitung … und statts diesen Schwarzen, diesen Freitag, natürlich mein' Freund Werner … zun Kutscherskat.

Stand neulich auch in meine Zeitung, daß die modern' Menschen in ihrn Streß und wenn sie noch dazu in ein' modern' Wohnblock wohn', oder sind kurz vor de Silberhochzeit: wünschen sich alle diese Einsamkeit von diesen Robinson. Und hatten sie sogar auffe erste Seite ein' Artikel von ein' Waldmensch, der da inne Harburger Berge in einer Erdhöhle, und abends macht er Gedichte bei Kerzenlicht … und ernährt sich von Blaubeern und Pilze … Naja, an nächsten Sonntag sind wir denn mit unsen Golf auch hin zu diesen Einsiedler … hatte die Zeitung ja auch ganz genau diese Stelle angegeben, wo er haust … mit alle Straßenverbindung' … Jedenfalls: Parkplatz habn wir gar nicht mehr gekriegt, so voll war das alles von diese bekloppten Ausflügler mit ihre primitive Neugierde, und der Eintritt von 10,– -DM war auch viel zu hoch … und konnte man dafür auch bloß die Erdhöhle ankucken, weil diesen humorlosen Waldmensch: hatte sich schon ein' Tag nach den Zeitungsartikel aufgehängt … nee, da kuck ich mir lieber 'n Wildpark an, weil die Tiere: könn' ein' ja nicht beschummeln, daß sie sich aufhäng'.

Ich mein, wenn du echt Einsamkeit habn willst, darfst du denn nicht inne Harburger Berge … und gibt das ja tatsächlich noch sonne abgeschiedene Inseln … kann man sogar kaufen … als Einfamilieninseln … war neulich mal in unse Büchermappe een Artikel … klar, sie liegen bißchen weit weg

... da in ihrn Stilln Ozean, aber sind dafür auch billiger als, zun Beispiel, ein Baugrundstück in ein' städtischen Randgebiet! Die Inseln, wo sie früher diese Forschungsversuche mit ihre Atomsachen ... kriegst du noch billiger ... und hast da sogar noch diese witzige neue Tierarten mit bei ... wie diese Vögel mit vier Flügel oder die Fische, die auf Bäume klettern könn' ... und nenn' sich Mutation'. Naja, vielleicht werden die Grundstücke in Brunsbüttel rum ja auch bald billiger, weil: gibt das da auch schon ein Kalb mit 8 Nippel an' Euter ...

Ehe

Erika, also sowas an Ehefrau: kannst dir gar nicht vorstelln ... inne Wohnstube kannst von' Fußboden essen ... und kein bißchen Staub! Sogar über die schmaln Kanten vonne Bilderrahm' oben: geht sie mitten Tuch rüber! Ich mein, da ist das bei de Kuluckis über uns ja anders: in' Handstein: Kartoffelschaln ... überall dreckiges Geschirr ... auffe Fensterbank sogar ein Teller mit angetrocknete Haferflockensuppe ... mindesten eine Woche alt ... schon ganz braun ... gut, sind Aussiedler ... aber das ist doch direkt Seuchengefahr ... Als wir damals hoch, als sie eingezogen warn ... 14 Tage später habn wir uns da vorgestellt als Nachbarn ... und will man doch wissen, was da bei ein' einzieht! Also, was soll ich sagen: Erika hat ne Viertelstunde lang in die ihre Küche gestanden und auffe Handtücher gestarrt ... ich mein, eigentlich habn ja die Handtücher gestarrt mit ihrn Dreck, hättst 'n Kohlkopp mit durchhaun könn', so steif warn die! Und als wir durche offene Tür ins Schlafzimmer, also, hatten die keine Betten ... keine Spur von ... und die Matratzen: so auffe Erde! Und da ein Wahnsinns-Berg von alte Socken, also, frag nicht nach Sonn'schein! Und will ich mit sagen, war ich doch richtig froh … und wird ein' an sonne Situazion mal wieder klar, was man an seine Ehefrau hat. Erika war ja den ganzen Tag zugange … mit unsen Thomas … aber als der inne Schule, hat sie das mit ihrn Haushalt immer ernster genomm' … manchmal zweimal inne Woche neue Gardin' … aufgesteckt … wurde mir schon echt unheimlich … aber hat sie sich in ihrn Ehrgeiz nicht von abhalten lassen … sie ist eben so eine … das liegt ihr in' Blut, daß sie sich immer beschäftigen muß … muß immer was umme Ohrn, also, inne Hand habn … sogar vor de Glotze: ist sie an ihre Pullover bein Stricken. Unsen Haushalt ist aus diesen Grunde auch wahnsinnig gemütlich … sogar die Sofakissen stehn ordentlich hinternander, jeden mit ne Delle inne Mitte … die Blätter von unse Gummibäume: werden jeden Tag abgestaubt und einmal inne Woche naß gewaschen. Naja, bin ich ja auch der letzte, der kein Verständnis hat für ihrn Hobbi … und hab ich ihr denn zu Weihnachten ein Abonnemang von de moderne Frauenzeitschrift untern Tann'baum, wo immer diese Diäten in sind, nee, nicht vonne Abgeordneten, aber wie die Fraun abnehm' könn', ohne daß sie hungern müssen … oder falln ihre Ehemänner auffen Wecker mit ihre schlechte Laune … und sind auch noch diese wertvolle Tips, wie man das den Partner gemütlich macht, wenn er vonne Arbeit nach Hause, so mit festlich gedeckten Tisch … oder wie man sich für ihn schön macht … so mit Kotzmetik-Tips … oder vonne Kleidung her … oder wenn er da nicht auf abfährt, bringen sie immer neue Rezepte … und habn sie inne letzte Nummer: wenn das alles nix mehr nützt, solln die Ehefraun mal, also, daß sie da von diese Dam' inne Nachtclubs lern' … von diese Berufsevas, wo sich die brave Ehemänner immer nach sehn' … und solln sie mal sonne Ausschnitte anne Blusen … oder sich in diese Art mit ihrn Gatten, also, mit diese Tricks … daß sie ihn mit rauchige Stimme was in sein Ohr sing' und ihn dabei Wiski einschenken ... oder ein' echten Stripties ... warn sogar alle die Wackelschritte aufgezeichnet ... zum Einüben für die Fraun ... ich mein, Mühe hat Erika sich ja gegeben ... für den ein' Abend ... und konnte sie ja auch nicht wissen, daß ausgerechnet an diesen Abend der alte Herr Bräger, unsen Senior-Scheff, wollt er sich mal informieren, wie seine Leute so wohn' in ihre Häuser ... jedenfalls, als er Erika in ihrn Aufzug in' Flur: er sich auffe Hacken umgedreht und zu mir: daß er das alles: kann er nicht fassen ... geht sogar über sein' Horizont rüber ... und geht nicht in sein Hirn rein, daß das ne Deutsche Frau war, die er da eben gesehen hat, weil: ne Deutsche Frau führt sich nicht so auf ... und kann er sich von seine Gemahlin jedenfalls nie und nimmer vorstelln ... und er ist sagenhaft enttäuscht von mir ... naja, kannst dir gar nicht vorstelln, wie ich mich geschämt hab für die eigene Frau ... und hab Herr Bräger immer wieder: daß sie sonst überhaupt nicht so ist ... und liegt bloß anne Zeitschrift ... und ich bestell sie sofort ab ... naja, er hat ja noch lange immer wieder mitten Kopp geschüttelt, und bloß wegen ihre Bluse und den Mäikap ... was meinst, was passiert wär, wenn sie da mitten Stripties durchen Flur ...?

Die Verwechslung

Neulich war mir wieder so in mein' faustischen Drang nach de Abgründe vonne menschliche Seele ... und bin ich wieder inne Kneipe rein, wo diesen berühmten Massenmörder immer seine Opfer raus ... Und hab mir grade 'n Schiefen bestellt, da kommt da sonne Schnalle angeglitscht und: »Hallo, Fiete, bist wieder raus?« Ich: »Wieso Fiete«, und wo ich raus sein soll. Und sie: »Oh, Verzeihung, Herr ...« Und denn redet

sie mich doch mit den Name von diesen berühmten Massenmörder an! Und ich: was das denn wohl soll … und ist ja fast ne Beleidigung, und ob ich vielleicht wie ’n Massenmörder ausseh, und meine Nase ist auch ganz anders wie seine … Und sie: daß sie neulich ein’ Film inne Glotze, und kam in vor, wie da so paar Herrn von sonne Art Verfassungsschutz aus: inne Knäste rein und zu de Knackis: daß sie sie rausholn, wenn sie fürn Staat arbeiten, nee, nicht als Beamten, mehr so inne Art von Jäms Bond … und kriegen sie auch ne kotzmetische Operazion spendiert … Jedenfalls, hätte sie nicht geglaubt, daß das sowas in echt gibt! Klar, daß ich gelacht und ihr mein’ Ausweis unter die Nase … aber sie: auch bloß gelacht und: in den Film habn die natürlich auch falsche Pässe gekriegt … und sie braucht bloß ein’ Blick in meine Augen, und ist alles klar … und sie hat mich sofort wiedererkannt … Also, nu sag mal, was du in diese Situazion …, hab ich ihr natürlich paar Schiefe und: daß sie die Klappe halten soll, sonst kann sie sich ja vorstelln, was passiert … und hab sie mit meine Augen so … also, glaub ich, unheimlich hart … und auch meine Stimme … war irgendwie ganz anders … hab da selber ne Gänsehaut vor gekriegt, und hat sie auch mit ne ganz piepsige Stimme vor Angst … daß sie kein Wort weiter … damit sie das nicht so geht wie de Kolleginn’, die ich … na, ich weiß schon Bescheid …
Jedenfalls, auffen Nachhauseweg … hab ich den ganzen Weg gepfiffen … Heidrich war ja auch musikalisch … und hätt ich nie für möglich, daß ich sonne dämonische Gewalt in meine Stimme. Mit mein’ Blick hab ich das denn noch bei den Busfahrer ausprobiert, und hat er mir tatsächlich 10 Pfennig zu viel rausgegeben. Aber als ich denn inne Wohnung, und Erika auf mich los, wo ich jetzt noch herkomm, und die Küchenmaschine wollt ich auch inne Reparatur bring’ … und alles bleibt anne Hausfrau häng’ … und ne ekelhafte Fahne hab ich auch schon wieder, aber wenn sie sich mal ’n Scherribrandi kauft

wegen ihrn Kreislauf, denn geht das Meckern los ... An diese Stelle hab ich sie ganz fest inne Augen, und mit leise Stimme: daß sie ihre Vorwürfe: soll sie doch nochmal wiederholn! Naja, hat sie denn ja auch ... und noch lauter ... Und vorhin erzählt mir mein Freund Werner, daß er auch mal so studienhalber in diese Mörderkneipe rein, wo ich ihn von erzählt hab, und hat sonne Schnalle doch echt geglaubt, daß er der Massenmörder ... Werner! Und hat dabei immer so beknackt »Hähähä« gemacht ... zun Dotlachen!

Sonja

Hatten wir unsen Thomas ja die Pythonschlange Sonja zum Geburtstag ... auch ein richtigen Terrarium mit bei ... mit Sand in und paar Feldsteine und Äste ... und hatte Onkel Max die ganze Rückwand von den Terrarium mit Urwaldpflanzen angemalt ... original nach ein' Biologiebuch ... und zum Schluß noch zwei kleine Negerpuppen reingestellt, daß das Tier kein Heimweh ... und sollte denken, daß das in sein' Urwald ist ... Sah auch sagenhafte Klasse aus, wenn wir abends die bunte Beleuchtung von' Terrarium an ... Und wenn Onkel Max da war, hat er dazu immer mitte flache Hände auffe Tischplatte rauf, und gesagt, daß das die original dumpfe Bongo-Töne sind ... also, die Stimme von' Urwald, und kann er nachfühln, wie das in Albert Schweitzer ausgesehen hat ... Naja, und denn habn wir ne weiße Maus rein, und zu Thomas: er soll mal komm' und kucken, was da passiert ... Also, zuerst war das je ne Enttäuschung, weil: ist ja nix passiert ... und die Schlange: hat sich nicht in' geringsten um die Maus gekümmert ... und wollt ich schon in meine Enttäuschung auf Erika los, ob die Schlange vielleicht degeneriert

ist, und habn sie uns mit übers Ohr gehaun ... oder sie ist Vegetarier. Und Thomas in seine Ahnungslosigkeit auch: daß die Schlange zu faul ist, um mitte Maus zu spieln ... aber denn mitmal zack: der Kopp von unse Sonja vor, und die Maus bloß noch mal kurz gequiekt, aber denn war sie schon mitten halben Oberkörper bis über die Vorderpfoten weg ... inne Schlange ihrn Maul drin ... mitte Hinterbeine hat sie natürlich noch gezappelt ... und mitten Schwanz auch ... Zuerst Thomas mit ganz starre Blicke ... als wenn er in sein' kindlichen Nachdenken, was das denn wohl für ein Spieln ist ... Aber denn ist er tatsächlich da auf gekomm' ... als Sonja mit so komisch ruckige Schluckbewegung': daß das vielleicht Ernst ist ... und: geschrien wie an' Spieß ... Und denn ist er aussen Wohnzimmer raus ... mitte Hände vor de Augen ... Ich hinterher und: daß er sich mal bischen zusamm'nehm soll ... und was er da sieht, sind ja weiter nix als die ewige Naturgesetze ... und übt die Schlange bei ihrn Schlucken bloß ihr Faustrecht von den Stärkern aus ... und sogar inne freie Marktwirtschaft von unsen demokratischen Staat: passiert nix anderes als hier bei de unschuldige Tiere in ihrn natürlichen Drang ... Naja, hat nix genützt, weil Thomas inne hinterste Ecke von sein' Zimmer rein, und als ich hin, hat er mit Arme und Beine wie ein' Wilden um sich ... und noch lauter geschrien ... Also, daß von den Zukucken bein Schlangenfrühstück seine versteckten Aggression' weggegang' sind, hat gar nicht gestimmt, und hat der Arzt echt mit gesponn' ...
Naja, weil die Anschaffung von Sonja ja nu keine Fehlinvestitation sein soll, und war ja teuer genug, auch wenn da die AOK für aufgekomm' ist, jedenfalls: kuck *ich* mir das denn immer an ... aber mehr von' Künstlerischen her ... also, diese natürliche Eleganz vonne Schlängelbewegung', wo kriegst sowas denn sonst noch zu sehn ...? Und denn die tödliche Sicherheit, wo sie mit zuschnappt, echt wie Old Shatterhand ... oder unsen alten Lehrer Breckwoldt damals, wenn einer

vonne Schüler nicht aufpaßte, zack, hatte er auch schon das Schlüsselbund anne Birne ...
Wenn die Mäuse bischen dicker sind, kriegt sie sie ja nicht mit ein' Happ runter, wo sie denn als Zappelklumpen in' Hals ... meistens kucken sie denn noch mitte Hälfte raus ... Wenn du Glück hast, mitte Vorderhälfte, und schrein denn richtig und winken original mitte Pfoten, aber hat ja doch kein' Sinn, weil: ist ja alles Naturgesetz. Und bei ihre Winkerei werden sie denn nach und nach reingesogen, zuletzt siehst bloß noch die winkende Mäusepfoten und denn nix mehr ... Und muß ich bei diesen Naturschauspiel immer an den Film von' Untergang vonne Teitanick denken ... und kam ne Musikkapelle vor, die hat auch immer noch weitergespielt ... bis die Wogen denn über ihre Instrumente: sind sie zusamm'geschlagen ...
Und freu ich mich schon auf nächsten Monat, weil: muß ich denn bei Sonja umstelln: von weiße Mäuse auf Meerschweinchen ...

Pater Pius und sein Laden

Also, hab ich dir bestimmt schon, daß unse Familie ... also, sind Stammkunden von Pater Pius sein Versandhaus für tiefere Dinge aussen religiösen Bereich. Und inne letzte Zeit sogar Annahme-Leiter für die Sammelbesteller. Was ich schon an Werbepramien hab! Das letzte ist zun Beispiel diesen praktischen Taschenkruzifix ... kannst du bis zu ne Größe von 2 Meter aussenanderklappen ... und wenn du ihn zusamm'schiebst: kannst du ihn in diesen eleganten Echtlederetui rein ... ich mein, ich werb ja alle meine Kollegen für die Sammelbestellung' ... und bei sonne religiöse Sachen mag ja auch kein' nein sagen.

Jedenfalls, unsen Keller, wo wir früher diese rustikale Kellerbar mitte geschwärzte Kiefernbretter … alle von Hand mitte Lötlampe geschwärzt … habn wir heute die Einsiedlergrotte … als »Standard«-Ausführung zun Meditiern … also, meditiern ist: als wenn du vor de Glotze hängst, aber ohne Programm an. Unsen Nachbar Niermann sagt, das mitte Meditation geht noch besser, wenn man inne Einsiedlergrotte ne Sauna einbaut … aber ich weiß nicht … also, beleidigt irgendwie mein religiöses Empfinden. Inne Wohnstube habn wir jedenfalls … also, habn ja schon immer für diese altdeutsche Sachen ausse Antike geschwärmt … jedenfalls ist unse Stube von inn' nu genau wie die Peterskirche in Rom … Ich mein, kannst dich auch nachen Muster von' Kölner Dom einrichten … und gibt das diese stimmungsvolle Ausstattung' für jede Stubengröße und schon für 12 m^2-Zimmer an, und ist, sagt Pater Pius: damit die von' sozialn Wohnungsbau auch diese tiefe religiöse Gefühle … da nicht von ausgeschlossen sind … und könn' die auch mit alle Schikane … zun Beispiel richtig mit Hochaltar anne Wand … oder zwei … natürlich in den richtigen Größenverhältnis. Und ist son Ding auch wahnsinnig praktisch, weil das als Blum'vase benutzen kannst!

Seemannsgrab

Nu hat mein Freund Günter ja Jahrende als Ansager für die Hafenrundfahrt, also: sein tägliches Brot mit … ich mein, wegen sein Wackelgebiß war das Brot mehr in flüssige Form … und als er in seine Gewissenhaftigkeit die Gäste gewarnt, daß sie vorsichtig inne Barkasse rein … sonst gehn sie über Bord … und an diese Stelle immer sein' Scherz, daß das nicht so schlimm ist, weil: komm' sie ja wieder hoch … nach zehn Tage

… und hat er denn vorgemacht, wie sie nicht einsteigen solln … Jedenfalls: ist er denn … also, als ein Opfer von den nassen Gott Neptun … ich mein, die Gäste habn ja noch gewartet … fast zehn Minuten … und mußten sie denn doch ohne seine Erklärung' die Rundfahrt … paar habn sich auch beschwert: daß das tüpisch St.-Pauli-Nepp mit erst versprechen und denn nix halten … und ein Bayer immer: Führung war versprochen … und er als Süddeutschen will ein' Führer habn!
Ja und mitte zehn Tage hat auch nicht gestimmt, weil der … wollmasagen, störende Fremdkörper inne Schraube von' Ausflugsdampfer nach Blankenese: war er! Und schon nach sechs Tage! Jedenfalls: hatte er schon immer zu seine Frau, auch schon vor de Scheidung, und später denn auch zu seine Bekannte: daß er nach sein' Tode: wollt er seine Grabstätte in den nassen Element, also, da rein, wollmasagen, übergeben werden … wie alle echten Seebärn … ich mein, war ja eigentlich mehr ein Elbbär, weil: über Hahnhöfersand ist er seit seine Jugend: nie überweggekomm' … Und die Bekannte hatte auch nix dagegen, weil: hat sie die Grabpflege gespart, und son Stein mitten eingehaunen Engelskopp in: haut auch ganz schön inne Barschaft rein …

Enttäuschung

Ich bin ja nu schon lange ausse Kirche raus, aber bloß aus rein finanzielle Gründe … und nicht, weil ich da nicht an glaub. Weihnachten geh ich denn aber doch inne Kirche … kenn ich nicht anders … zusamm' mit unsen Thomas … Erika macht denn inne Zwischenzeit die Gans fertig, daß wir da denn gleich mit anfang' könn' nachn Gottesdienst … sonst wird das ja auch zu spät mitte Bescherung … Und gehn wir denn immer bei de Katholiken rein, also: das ist ja ein Vorteil, wenn du ausse Kirche raus bist: hast die freie Auswahl, bei welche Konfektion du dein Weihnachten ... Als der alte Pastor Weiner noch gelebt hat, sind wir natürlich immer zu ihn, weil: der konnte dir da ein' längsdonnern! Und war das Holz vonne Kanzelbrüstung von seine viele Faustschläge in all die Jahre, also, war da richtig sonne Kuhle in, wie diese Rinne in' Straßenpflaster vor den Backinghäm-Palast, die da vonne Wachsoldaten reingelaufen ist ... Aber als er denn in Pension, und kam diesen neuen jungen Mann, da war überhaupt nix mehr los inne Predigten. Später soll der neue Pastor denn sogar zu de Konfirmanden gesagt habn, daß das überhaupt keine richtige Hölle gibt! Also, was hat der Gottesdienst denn überhaupt noch für ein' Sinn ... Nee, da haut das bei de Katholiken doch ganz anders hin: zun Beispiel wenn die ihrn Pfarrer da auffe Sünde vonne Völlerei losgeht! Klar, wenn er so richtig auf 180, da kannst ihn nicht mehr verstehn, weil: er ist ja ziemlich kurzatmig wegen sein' Übergewicht. Jedenfalls, hab ich das gar nicht gewußt, daß diesen Pfarrer, und ausgerechnet kurz vor Weihnachten, da wegen ein' Herzschlag vor sein' Schöpfer ... ist er da getreten, und hatten sie bei de Katholiken auch 'n Neuen ... Und was der ausse Weihnachtsfeier gemacht hat: kannst dir ja schon denken ... Erstmal: dies starke Krippenspiel: ne Aufführung, wo sie sich immer den Gemüsemann Zipp sein' alten Esel zu ausleihn ... und ist immer ne Wahnsinnsspannung, ob er wieder losschreit, weil er das Orgelspieln nicht abkann ... und hört sich ja zu witzig an ... und den Kirchenchor bringt er auch jedesmal raus sein' Rhythmus ... Also, mit diesen Krippenspiel: war das diesmal nix! Klar, die lateinische Wörter mit diesen »Küriä« hat er noch beibehalten ... aber war auch schon fast alles! An Predigt jedenfalls: weiter nix als die Stelle ausse Bibel, diesen Weihnachtsevangelium ... und zun Schluß noch 'n müden Vaterunser! Ich mein, sowas ist doch ne Zumutung für ein'

Menschen, der da an' Weihnachten inne Kirche geht ... wenn ihn da denn überhaupt nix geboten wird an Feierlichkeit ... »Vaterunser« jedenfalls kann ich mir alleine aufsagen, da brauch ich kein' ausgebildeten Pfarrer zu ... und muß man sich nicht wundern, daß die Leute über Weihnachten alle Beschwerden mitten Magen habn ... und kommt bloß von' Ärger über die kirchliche Weihnachtsfeiern ...

Bedrohte Minderheit

Zuerst warn da bei uns inne Lagerhalle die Unfallvorschriften bloß auf deutsch: »Beim Hantieren mit scharfkantiger Metallfolie Arbeitshandschuhe tragen!« Hab ich meine Leute auch erklärt, zuerst hatten sie mir ja Antonio zugewiesen, denn diesen Ali. Bei den hat das mitten Erklärn bischen länger gedauert ... naja, die Türkei gehört ja auch nicht mehr so ganz zu unsen Kulturkreis. Geschnitten hat er sich denn doch noch. Jedenfalls: nachen halben Jahr war das drin inne beiden.

Aber nu komm' da gestern so paar vonne Betriebshandwerker und nageln da zwei Wahnsinns-Schilder in unsen Verpackungslager an. Ich denn auch: was das denn soll? Und sie: daß das von' Betriebsrat aus ist und sind die Unfallvorschriften, einmal auf italjenisch und einmal auf türkisch. Das auf türkisch warn auch richtig normale deutsche Buchstaben aus unsen Alfabet ... und ich hatte immer gedacht, die machen sonne komische Krakel und Schlang'-linien, wie sie immer auffe Packung' vonne Orient-Zigaretten auf sind.

Naja, die kopiern ja sowieso alles ... genau wie die Japaner ... Ich hab denn noch zu de Handwerker, daß sie ihrn Annageln: könn' sie sich sparn, weil: hab ich de beiden ja schon alles bei-

gebracht … mitte Handschuhe, klappt nu auch nachen halben Jahr … also, das mitte Schilder ist echt überflüssig. Und sie: daß sie das egal ist, weil: sie kriegen 'n Auftrag und den machen sie und fertig! Genau schon son Ton wie die Beamten! Sind sie denn auch wieder abgezittert mit ihrn Hammer und ihre Nägel.
Jedenfalls hängn da jetzt drei Schilder! Und was das Schärfste ist: die ausländische Schilder hängn *über* den deutschen Schild … und sind auch mehr Worte drauf!
Bei den italjenischen vier, und bei den türkischen Schild sogar sechs! Klar, die sabbeln ja auch mehr … viele Worte mit wenig Sinn in. Und bei uns braucht da bloß ein' knappen militärischen Satz, und die Sache läuft …
Aber denn ist mir eingefalln …: da sind ja neuerdings auch Ausländer in' Betriebsrat … wenn die nu überall inne Abteilung' … das kann man ja als Deutschen gar nicht nachprüfen — wenn die da nu statts de Unfallvorschriften ganz andere Sachen … zun Beispiel: »Wenn dir ein deutscher Kollege was sagt, brauchst du das noch lange nicht zu machen!« Oder sonne Scherze! Das trau ich diese Burschen ohne weiteres zu! Aber die werden sich umkucken! Klar, wenn ich sie frag … bei Antonio weiß ich nicht … naja, katholisch ist er ja … aber ich glaub, der ist doch ehrlich … ist ja auch schon über drei Jahre hier inne Firma. Aber diesen Ali als Mohammedaner … da bin ich doch echt … bei de Perser war das doch auch so: habn sie jahrelang diesen Schah die Hand geküßt … oder sogar die Füße … also, die Schuhe. Der brauchte doch bloß mal eben die Palasttür bischen auf, weil er sich vielleicht ne Zeitung holn wollte, zack, hatte er da schon ganze Rudel von Untertan' an seine Halbschuhe kleben! Aber als denn der Komeini kam, wollten sie mitmal von nix mehr was wissen! Und sind nu in ganze Rudel über Komeini seine Schuhe hergefalln … ich find das irgendwie tückisch … Naja, die Türken sind ja doch irgendwie bischen näher an Europa ran als die

Perser, aber trotzdem ... Wenn ich Ali frag, was da auffen Schild ist, der sagt doch ... ohne mitte Wimper, daß das Unfallvorschriften sind ... ohne rot zu werden ... und denn macht Antonio natürlich auch mit ... und sagt das auch, weil er den Kollege nicht reinreißen will ...
Also, ich weiß nicht, ich fühl mich da richtig ... und das muß man sich mal vorstelln, als Deutschen in sein' eigenes Land ... da bin ich doch echt ne bedrohte Minderheit!

Klaus-Dieter

Die Frau Niermann unter uns hat ja diesen klein' Nachkömmling, diesen Klaus-Dieter ... und wie das Gör verwöhnt wird, machst dir gar keine Vorstellung von, zum Beispiel, wenn er ein' von diese lustige »Dick- und Doof«-Filme inne Glotze ... und will diese Äktschen-Sachen nachspieln, zum Beispiel die Torten-Szen' bein Sonntagsnachmittagskaffee: darf er das! Klar, wenn da Besuch ist, und vielleicht die Dam' noch mitte neue Frisur, sind die immer wahnsinnig sauer auf Klaus-Dieter, und daß er bei sowas von seine Eltern unterstützt wird ...
Er sitzt jeden Tag 8 Stunden vor de Glotze ... und immer interessiert! Und was für ein Gedächtnis er hat: kann da alle Werbespots auswendig: von »Ata« bis »Zewalind« ... Ich mein, andere Sachen sprechen kann er ja noch nicht ... naja, »Mamma« und »Pappa«, weil das ja auch inne Spots vorkommt, und »Onkel« kann er auch, von den Tschibo-Onkel her, aber ist auch schon alles ... Ich mein, mehr braucht er ja eigentlich auch nicht, weil er auch ohne Worte kann er, wollmasagen, seine Sümpatie ausdrücken: zun Beispiel: bei den Tschibo-Onkel, bei de Schleimis von' Wort zun Sonntag und

bei Herr Schröder: lacht er! Bei Herr Schäuble und Herr Wickert: schmeißt er denn einfach die Fernbedienung gegen den Bildschirm, weil Leute, die so ein' auf ernst … die mag er nicht … und schaltet er nu auch schon ganz alleine um auf andere Programme, und kann er ja in' Sitzen, weil: stehn und laufen kann er ja auch noch nicht mit seine 3 Jahre.

Unglücke

Weil das mitte Fernsehunterhaltung ja immer mieser wird, habn sie da neulich ein' leitenden Herrn von' Fernsehen in ein' Interview gefragt: warum sie inne letzte Zeit immer mehr auf diese Farbtupfer verzichten, also, diese Morde und Unglücke. Sogar inne Tagesschau: ist kein Pepp mehr in! Und der Herr: daß das an unse Jugend liegt, weil die keine Ideale mehr hat, nichtmal falsche … und das war früher ja ne sprudelnde Quelle … aber heute denken sie bloß noch da an, daß sie 'n Job kriegen … und sowas von angepaßten Materialismus hätt er sich vor 10 Jahren überhaupt nicht vorstelln könn' … und die letzten Terroristen müssen sie richtig päppeln, denn wenn die auch noch aussen Verkehr … ist das zappenduster!
Und der Interviewer: daß das trotzdem noch Morde und Unglücke gibt, und er hat den Eindruck, daß die de Zuschauer vorenthalten werden … und: wann so ein Mord oder son Unglück denn überhaupt die Schangse … das Glück … hat, daß das inne Tagesschau reinkommt? Und der Herr von' Fernsehn: daß das auffe Qualität und auffe Quantität ankommt. Qualität ist, wenn da ein' vonne ganz große Deutsche übern Jordan, so wie Albert Schweitzer oder Rudi Carell oder Professor Carstens oder Kevin Kiegän … denn übertragen sie

drei Tage lang bloß diesen Ereignis … Aber wenn da ein' ausse Masse … zun Beispiel … da irgendson Unbekannten in ein' Knast oder städtischen Pflegeheim oder auch aussen Neue-Heimat-Block: hat da ja keinein Intresse an … und geht über sonne Lappalie natürlich nix übern Sender … Klar, wenn die Einwohner von ein' ganzen Block … wie bei diesen Unfall mitte defekte Gasheizung neulichs, ist das natürlich wieder was anderes … weil: ist denn ja schon wieder Quantität … und gilt so ab 20 Person' … oder 30, wenn das in ein' Werkswohnungsblock mit Türken passiert …
Mitte Quantität muß das natürlich immer höher raufgehn … je weiter das weg ist … weil: deutsche Schicksalsschläge gelten schon 'n bischen mehr als die aussen Ausland … Und bring' sie zun Beispiel über ein Erdbeben auffen Balkan erst was, wenn da mehr als 50 Opfer … bei ne Epedemie inne Türkei muß das denn schon über 100 rüber … und bei Hinrichtung' in Südamerika über 1000 … und die ausgerottete Amazonas-Indianer könn' froh sein, wenn sie mit 10000 Tote noch in unsen Programm reinkomm'. An' schlimmsten, sagte denn der leitende Herr, ist das ja mitte Auspendelei, und wenn zwei oder noch mehr Unglücke inne gleiche Zeit passiern, muß er sich ja entscheiden, was er sendet … also, wenn zun Beispiel ein Kultusminister von ein' Bundesland ausse fahrende Taxe erschossen wird, gilt das genauso viel, als wenn ein Bundesminister ein' leichten Schlaganfall … oder ein Bundespräsident verrenkt sich die Schwurfinger …
Nach diesen Interview hab ich mich denn auch echt gefreut, daß das meine Zeitung gibt, weil: ist die ja viel demokratischer: weil: bringn die auch Todesfälle von den klein' Mann, muß bloß 'n bischen witzig sein … daß die Leser sich nicht langweiln … wie zun Beispiel bei unsen Nachbar Wapp, der sein' Mikrowellenherd repariern wollte … noch durch die Sargbretter durch hat das gerochen wie 'n ganzen Pommfritts-Laden … Wenn das gruselig ist, bringn sie das natürlich

auch ... wie die Geschichte mitte tollwütige Ratten in' öffentlichen Klo auffen Hauptbahnhof ... Oder den Plastikbeutel mitte 135 abgeschnittene menschliche Ohrn in den Ascheimer vor den Ohnesorg-Theater ... weiß man heute noch nicht, was da passiert ist ... Also will ich mit sagen: daß den Niwo von unsen Fernsehn: kratzt mich gar nicht, wenn das immer flacher wird ... weil: habn wir ja ein echtes Gegengewicht mit unse Hamburger Presse.

Gewalt in' Fernsehn I

Daß man diese Aggression' vonne Glotze her kriegt ... wollt ich ja erst nicht glauben. Aber nu ... ich weiß nicht ... wenn ich da an gestern abend denk ...
Spielten sie ein' alten Liebesfilm auffen Zweiten ... und kannst ja da an erkenn', daß die Männer, die da in mitmachen: sind alle schon längst hintern Rentenalter ... und müssen in diese Filme Hand in Hand mit ihre Partnerin durch endlose Kornfelder socken ... und wenn sie sich endlich mal'n müden Kuß auf ihre verschämte Lippen, fang' da als Einleitung 400 bis 800 Geigen an zu spieln ... Manchmal sind da sogar Glocken mit bei ... nicht bloß Kuhglocken ... die sind bei de Berg- und Heimatfilme ... ne, ausgewachsene Kirchenglocken! Ein Wahnsinnsaufwand für ein' Kuß ... Aber Erika findet das gut ... Ich bin denn immer bei meine Briefmarken an' Ordnen ... Und denkt ja ein Laie, wenn man »Deutsches Reich« sammelt, das ist nix Besonderes ... aber allein vonne viele unterschiedliche Dienstmarken her ... oder die Inflationsmarken mitte Überdrucke ... oder die bayerischen Sondermarken ... da mußt du dich schon konzentrieren! Jedenfalls, immer, wenn du grade mal durch-

steigst: die Ehefrau mit ihre nostalgische Seufzer dazwischen: Oh, kuck doch mal, genau wie bei uns! Und auffe Mattscheibe säbelt da son Lulli mit verutschten Tupeh durche wogende Ähren ... Ich mein, das ist ja echt ne Beleidigung ... Und stimmt ja auch nicht ... weil: viel laufen hab ich ja wegen meine Senkfüße schon damals nicht könn' ... Und die Einlagen mußten jahrelang halten inne Nachkriegszeit ... gab das auch bloß auf Bezugsschein ... Und Kornfeld ist doch auch Quatsch, weil Erika und ich: habn doch bloß vor de Haustür gestanden ... Und bei nähere Bekanntschaft inne Treppenhäuser ... und als höchste Steigerung ... als sie ihrn Alten mal den Schlüssel ausse Jacke ... denn in' Keller ... Und der war ja so eng ... für son 200-Mann-Geigenorchester wär da kein Platz gewesen ... nicht mal für ne kleine Jazzband ... und sogar für ein' einzigen Stehgeiger wärn da Schwierigkeiten ... hab ich auch mal in meine Leidenschaft zwei Gläser mit eingemachte Bohn' mitten Ellnbogen von' Regal ... und hat Erika ihre Mutter gehört ... Naja, war denn ja auch bald die Verlobung ...
Aber bei so ein' Film ... ich weiß nicht, ob das an ihre Phantasie liegt oder was, sie immer: Oh, kuck mal, genau wie bei uns! Dabei habn wir in unse ganze Ehe bloß ein' einzigen Waldspaziergang gemacht ... und da ging sie schon in' 7. Monat mit unsen Thomas ... und das einzigste, was ich da noch von weiß, daß ich wie ein Ventilator durche Gegend geschossen bin ... wegen de vieln Mücken ... Und mußte mich nebenbei noch auffen Weg konzentrieren ... wegen de vieln Hundehaufen ... wahnsinnig nervig alles ... Ich mein, ist ja nu lange vergeben und vergessen ... Aber kommt ein' doch alles wieder hoch, wenn die Ehefraun da mit ihre Aufschreie, daß die Fernsehszen': solln wie bei uns gewesen sein ... Das ist doch Vergangenheitsverfälschung! Und kannst dir gar nicht vorstelln, wie das bein Markenordnen stört! Und als ich vonne bayerische Dienstmarke zwei Zacken abgerissen ... und auch

noch vonne Ecke ... war ich so aggressiv, daß ich ... hab ich vor mir selber 'n Schreck gekriegt, wie ich so die Pinzette inne Faust hatte ... Also, daß das vielleicht doch stimmt, daß diese Aggression' von' Fernsehen komm' ...

Gewalt in' Fernsehn II

Freitags gibt das ja immer diese Krimis inne Glotze, die man als arbeitender Mensch in seine Entspannung ... also, nicht wegen diese Gewaltszen' ... bin ich auch nie für gewesen. Weil meine Oma mir schon immer als Kind ... auffe Bettkante ... jeden Abend nachen Abendgebet, da kannte die nix, immer diesen: quäle nie ein Tier zun Scherz, denn es fühlt wie du ... also, daß das wie ich den Schmerz fühlt ... Weil ich einmal, als mein Lehrer Breckwoldt mir mal 'n Ohr eingerissen: hab ich in meine Gerechtigkeit unsen Kaninchen auch mitte Schere in das Ohr rein ... Aber bloß mitte ganz kleine Nagelschere ... Naja, unter de Wirkung von Oma ihren Spruch hab ich seit diese Zeit ja nie wieder ein Tier ... Bei Ungeziefer ist das natürlich was anderes, und wenn der eigene Vater ne lebendige Ratte anne Kellertür nagelt ... als Abschreckung ... für die anderen Ratten, denn kann ich doch wohl noch ne kleine Fliege ins Wasser tauchen ... und auffe glühende Kochplatte raufschmeißen, wo sie denn in so summende Kreise rum, die immer kleiner werden, und zuletzt wird das Summen auch immer leiser, und bleibt sie zun Schluß ruhig als ein klein' verkohlten Punkt liegen ... Ich mein, sowas ist doch schon fast künstlerisch ... und hat auch original ne Tänzerin gegeben, sonne Russin, die soll ihrn »sterbenden Schwan« ganz ähnlich getanzt habn ... Bloß, daß sie als Russin natürlich bischen kompleter war als meine Fliegen … Jedenfalls, wenn inne Glotze diese Prügel- oder Sterbeszen' … seh ich das auch immer vonne künstlerische Seite her … als sonne Art Ausdruckstanz … oder Ballett … also, würd ich nie auffen Gedanken komm', daß das was mit Gewalt zu tun hat.

Endlösung

Ich kuck vorige Woche … also, wie jeden Morgen … nach mein' Rasen mit seine satte grüne Farbe, und da seh ich: überall Wühlmausgänge! Ich sofort inne Wohnung, hol den Gartenschlauch, knall ihn ran an' Wasserhahn, dreh voll auf und halt rein inne Gänge. Ist 'n altes Hausmittel. Hat aber nix geholfen. An nächsten Morgen warn da noch mehr Gänge! Ich nachen Kaufhof inne Gartenabteilung und hol Fallen — Stück fünf Mark. An' nächsten Tag … was soll ich sagen: alles aufgewühlt und die Falln auch zugeschnappt, aber nix in. Langsam wirst ja auch nervös, wenn dein Gras von unten her, wollnmasagen, durchen Untergrund … aufgefressen wird und kannst selbst nichts gegen machen! Ich nochmal inne Gartenabteilung und hol Gaspatron', Marke Wühlmaus ex super, fünf Stück inne Packung und kosten 12,95 DM. Mußte man anstecken und rein in' Gang, und wieder Erde rüber. Ich hab gewartet, daß die Viecher rauskomm'. Hatte ne Schaufel parat … Bei uns, zwei Straßen weiter, da habn son paar Langhaarige 'n Haus besetzt gehabt. Ausse Fenster: schietige Bettlaken raus mit Hetzereien auf! Und drinn' soll das erst ausgesehn habn: Matratzen so auffe Erde, und halbleergefressene Teller und dreckige Wäsche, alles durcheinander! Aber denn die Polizei: erst mitten Peterwagen vor, und durchen Lautsprecher, daß sie gutwillig und rauskomm' solln:

»Und Sie kommen ja sowieso raus, wetten?« Richtig bischen mit Humor. Hat aber nichts geholfen. Die habn sogar noch mit Bierflaschen geschmissen. Und die Polizei: zackzack, paar Trän'gasbomben! Und das hat geholfen; alle sind sie raus, habn die Fäuste inne Augen gedrückt und gehustet.
Aber mit *meine* Wühlmäuse war das ne Pleite! Vielleicht, daß sie sogar hei warn von den Gas ... ich riech »Uhu« ja auch gern oder son Nagellackzeugs von Erika, das zieht ein' so richtig scharf wie Sandpapier übers Gehirn. Jedenfalls, habn die wohl all ihre Wühlmausverwandten und -bekannten Bescheid gesagt: nach de Patron' war bei mir in' Garten jedenfalls ein Gang neben den andern! Mein Nachbar ist an' Zaun gekomm' und hat gesagt, daß ich Auspuffgase nehm' muß und daß das immer hilft; sogar Menschen kann man damit übern Jordan kriegen. Ich denn ja auch 'n Schlauch an' Auspuff und das andere Ende in son Gang, und denn: Wagen in' Leerlauf! Mein Nachbar hat zugekuckt an' Zaun.
Ne Viertelstunde habn wir da reingegast. Wie die da nun wohl inne Gänge, hab ich denken müssen, habn Angst, und denn kriegen sie Krämpfe und die Augen quelln ihn' raus. Und der Wühlmausvater steht dabei und sieht alles bei seine Frau und bei de Kinder mit an und kann nix machen. Furchtbar ist das ja, darf man sich gar nicht so genau vorstelln! Aber Ordnung muß ja sein ... auch wenn ein' das selber in seine Sensibilität mehr wehtut als diese unglückliche Opfer ...
An nächsten Tag war kein neuen Gang da! Hat wohl doch was genützt, die Gasgeschichte ... Naja, vielleicht komm' inne nächsten Tage paar neue Wühlmäuse vonne Nachbarn rüber, denn kann das wieder losgehn!

Unsen Abgeordneten

Unsen Abgeordneten ist ja ein echten Volksvertreter … also: er ist immer da, wenn das Volk nicht da ist … vertritt das denn … aber hat sein Berater nun zu ihn: daß er sich darum bloß keine Sorgen, weil: der beste Gag … wo er noch immer die meisten Wählerstimm' mit einfang' kann, da braucht er gar keine große politische Reden zu! Und wenn der Berg nicht zum Profeten, muß der das eben umgekehrt … also, muß er auf die Wähler zu und bei ihn' Hausbesuche machen … einfach klingeln und rein … und denn gleich bis inne Küche, und mitten inne Abwaschwasserdämpfe Auge in Auge mit den Wählervolk und seine Labereien, wer das aushält, ohne mitte Wimper … also, zeigt sich da erst die Qualität von ein' Politiker …
In Amerika machen sie das schon lange … hier ja auch … zun Beispiel bei de Tupper-Parties oder de Zeugen Jehovas … und habn da auch sagenhaften Erfolg mit! An' besten ist ja, wenn man denn auch mit ein' Satz auf die Leute los … in diesen unverständlichen Plattdeutsch! Denn kriegen sie nämlich Vertraun zu ein' … Und sagt er aus diesen Grunde auch immer: Halläou, allns klor bi di? Bei unse Einwohner kannst nämlich ruhig bischen volkstümlich, also, daß du sie duzt … wenn du nämlich höflich, werden sie mißtrauisch und glauben, du bist ein' von diese Kulturlockis von Bertelsmann. Wichtig ist auch die Kleidung … und trägt unsen Abgeordneten, weil er ja ein' seriösen Eindruck auf den Mittelstand machen will, ein' Zilinder … aber dazu: ne Lodenjoppe, und signalisiert er de Landwirte mit, daß er auf ihre Seite ist … Mit seine Jiens und de Turnschuhe aaber spricht er die progressive Jugend an … und mit den Grundgesetz untern rechten Arm die Intellektuelln, aber weil er ja immer schon für Ausgewogenheit … hat er unter sein' andern Arm ein Gesangbuch …

Durchen Putz durch

Als Erika und ich damals ... die Pille gab das ja noch nicht ... bloß so komische Tabelln ... und ist man vor lauter Rechnerei gar nicht in Stimmung gekomm' ... weil: Taschenrechner gab das ja auch noch nicht ... Und wegen unse Schwäche in' Kopfrechnen ist denn ja auch unsen Thomas ... Jedenfalls, mußten wir ganz schnell ... mein' festen Job bei Bräger und Co hatte ich ja ... aber mit Wohnung' sah das böse aus. Aber denn kriegten wir noch eine: inne Feldstraße. 3. Stock und 195,– DM. Für den Preis konntest natürlich kein' Putz machen ... wegen den Putz anne Wände ... Hatte der Hausmeister uns auch gleich: daß wir in diese Wohnung kein' teuern Luftbefeuchter brauchen ... weil: hier läuft das ganz natürlich. Und hat hier mal ein modern' Maler gewohnt, der hat bloß die komische grüne Flecke vonne Tapete abgemalt und da ein Wahnsinns-Moos mit gemacht ... aber ist ihn denn wohl zu Kopp gestiegen ... und habn sie ihn nach Heiligenhafen ... Naja, wir warn ja froh ... ich hab die Decken nochmal weiß übergewitschert, und in alle Räume neue Tapeten. Klar, wenn wir Fenster auf hatten, kam der Lärm von' Schlachthof rüber ... diese letzte Schreie ... und die Schlachterkolonn' arbeiten ja in Akkord, aber hat uns nix ausgemacht, weil: wo ich früher gewohnt hatte, war ja nebenan ne Schule ... und Erika ihre Eltern ihre Wohnung war direkt neben den Volksparkstadion. Aber denn passierte das mitte Decke inne Wohnstube. Genau wie auffen Schwarzweißfoto von sonne Polaroid-Kamera, natürlich viel langsamer, aber mindestens ebenso deutlich, kam durche frischgewitscherte Decke ... 'n Gesicht durch. Das Gesicht von Adolf! Richtig mit sein Scheitel und den Schnurrbart und diese bohrende Blicke, Klar, daß über diesen Naturschauspiel, habn wir erst über gelacht, aber denn bin ich da mit wasserfeste Spezialfarbe rüber

... weil: ist ja unangenehm, wenn dir so ein Tüp schon morgens auffe Marmeladenbrötchen kuckt. Aber das mitte Farbe hat nix gebracht, hat sich immer wieder durchgesetzt. Erika ist schon ganz nervös geworden. Ist ja auch peinlich! Klar, Onkel Max bei seine erste Visite: hat gleich den Arm hoch zun Deutschen Gruß, aber der Pastor von unsen Viertel ... wenn da jemand neu einzieht in sein' Gebiet, macht er ja immer ein' Hausbesuch ... hat ganz komisch gekuckt ... und ist nie wiedergekomm'. Und unsen Hausarzt hat mit ne ganz strenge Stimme: ob das ne Anspielung sein soll, und von Gericht aus ist gottseidank amtlich festgestellt worden, daß er in diesen Lager ... und mußte er auch bloß ein' Kollegen vertreten ... und war ein Befehlsnotstand ... Jedenfalls: hat er da weiter nix gemacht, als gesagt: der ist arbeitsfähig und der und der, weiter nix, also, was jeden Vertrauensarzt auch macht ... Hat sich furchtbar aufgeregt ... und ist auch nie wiedergekomm' ... Na, wir sind natürlich zun Hauswirt und habn uns beschwert, und der: er weiß auch nicht ... Ein Mieter hat da sogar Stüroporplatten untergeklebt und denn diese Echtholz-Paneele runtergenagelt, ist aber alles wieder runtergekomm'. Und er hat laufend Nackenschläge wegen diese Sache ... dauernd Scherereien ... Und paar vonne ehemalige Mieter habn ihn sogar angezeigt, weil: dies Gesicht: sind sie gar nicht wieder losgeworden. Und ein Ehepaar ... sie habn beide gearbeitet, als sie ein' Tag nach Hause, habn sie gesehn, wie ihre drei Görn in eine Reihe vor den Gesicht mit Arme hoch und habn »Heil!« geschrien. Aber seine Schuld ist das doch nicht! Naja,, Erika und ich sind denn zu de Behörde ... wegen ne andere Wohnung. Und als der Beamte: warum wir denn weg wolln, habn wir gesagt: wegen de Feuchtigkeit ... aber als er denn, daß das kein Grund ist ... und bei de Neubauwohnung' komm' wir in diesen Punkt von' Regen inne Traufe. Und da solln wir uns man nicht beunruhigen, weil: sind wir die 12892ste Wohnung, wo sowas passiert ... und ist in fast jede

Wohnung, die damals vonne Partei aus gebaut worden ist … aber wenn wir absolut wolln, kann er uns ne Wohnung in ein' modern' Block … und ist garantiert gesichtslos … und sind wir denn inne Neue Heimat rein … Naja, von' Finanzielln her ist das ja, nicht bloß wegen de Miete … ich mein, inne alte Wohnung hat unsen klein' Thomas sich ja den ganzen Tag mit beschäftigt … hat das Gesicht angekuckt und war zufrieden … Aber inne neue Wohnung mußten wir ihn erst den teuren Farbfernseher für 2800,– DM rein, damit er ruhig ist …

Technik

Manchmal weißt du doch echt nicht, was du tun sollst … zum Beispiel der vorletzte englische König, ob er nu diese bürgerliche Frau oder soll er auf sein' Thron verzichten … und war bei mein' Neffen Egon anders, weil: er mußte heiraten … ich mein, diese peinliche Sache war passiert und nix mehr an zu ändern … aber wenn du erstmal in dein' heiligen Stand vonne Ehe, sind sonne vorehelichen Sauereien ja normal oder sogar verdammte Pflicht und Schuldigkeit von den Ehemann. Naja, und weil Egon uns ja schon immer sümpathisch … habn Erika und ich ihn zu sein' Ehrentag diesen alten Kolle … wo alle die Stelln von' Körper angegeben sind, wo du mitte Finger auf drücken mußt, damit die Frau in' Gange kommt … alles durchnummeriert … genau wie die technische Beschreibung von Erika ihre Nähmaschine, wo alle die Stelln, wo du öln mußt: sind auch rote Punkte. Ich mein, eigentlich kann man sich sonne Bücher ja sparn, wenn man die rote Punkte, so als witterungsbeständigen Lack, gleich auffe Fraun rauf … denn mit son Buch inne Hand bei diese ehelichen Sachen … wo du immer erst nachschlagen mußt, ist doch ziemlich umständlich .... Ja, und nu diesen undankbaren Egon, und vor alle Gäste: daß unsen Buch, ob wir das von' Grabbeltisch bei Kepa habn, weil: ist völlig veraltet ... und er hat von seine Buchgemeinschaft aus das neueste Werk in diese Sache ... und sind ganz andere Punkte in als in unse Schwarte ... und viel mehr Punkte ... und die Punkte in unsen Buch: solln ganz ohne Wirkung sein, und ob wir wolln, daß er sich blamiert oder was ... Naja, wir weiter gar nix gesagt ... aber hab ich mir denn Egon sein Buch ausse Leihbücherei ... und, was soll ich sagen, hat er vielleicht in seine Aufregung gar nicht weiter auffen Text geachtet ... und bloß immer die roten Punkte vor de Augen gehabt ... und da seh ich auch nicht ein, daß ich Egon seine Verwechslung ... ihn da auf aufmerksam mach ... denn hätt er mich nicht so anmachen müssen mit Grabbeltisch und so, jedenfalls handelt Egon sein Buch vonne Akkupunktur ...

Märchen

Also, war ich noch inne erste Klasse, und meine Lehrerin damals, hat uns immer diese Märchen und Sagen, diese fantasievolle Sachen, und sie denn: daß in alles: inne Häuser, inne Wälder, inne Flüsse, auffe Berge, sogar in jede Blume: wohn' alle diese klein' Naturgeister in, also, Nixen, Trolle, Elfen, meistens aber Zwerge ... Aber abends, wenn der Mond so hinter de schwarzen Tann' hoch und die Eulen durchen Nebel hinter de Mäuse herschießen, denn komm' diese Zwerge aus ihre Höhln raus und fang' an zu tanzen ...
Naja, sind diese Geschichten ja alle ... ich mein, stimm' nicht mitte Wirklichkeit überein, denn wer würd denn nachts auffe Wiese tanzen, wo ein' die Feuchtigkeit durche Halbschuhe

sabbscht ... und stell die mal 'n Wiener Walzer auffe Wiese vor ... wenn du mit deine Salonschleicher durche Maulwurfhaufen säbelst ... nee, so ein Tanz geht nur auf Parkett ... und muß auch schön voll sein und heiß, daß du ohne Flax zu deine Tanzdame: daß das hier zu voll ist und zu heiß ... und ob sie mal Viertelstunde mit nach draußen ...

Jedenfalls, diese Zwerge aussen Märchen habn vor den Tanzen ihre Mützen ab, und sind aus zarten, milchigen Glas, aber natürlich elastisch, und habn noch die Eigenschaft, also, sind Tarnkappen, und wenn du sie auf hast, bist du unsichtbar. Mein Freund Werner ist bei sonne Sache ja mal wahnsinnig aufgelaufen ... bei ein' Maskenball ... das ist ja so ähnlich, kriegst das Gesicht vonne Dam' auch nicht zu sehn ... die Figur kannst du natürlich abschecken bei diese langsame Tänze, aber als seine Dame die Maske ab ... also, sowas ...

Wie gesagt, diese Zwerge wollten natürlich auch keine Katze in' Sack mit ihre Partner, und habn sie aus diesen Grunde ihre Tarnkappen, wollnmasagen, alle abgelegt ... Aber wenn sie ihre Polizeistunde, habn sie ihre Deckel natürlich wieder auf ... also, warn wieder unsichtbar ... Und die Lehrerin: daß einmal: hat ein Bäuerlein da nachts auffe Wiese bein Tanzen ... da son bischen zugekuckt ... und als die Klein' da so richtig in ihre Ekstase, hat er sich eine von diese Zwergen-Mützen untern Nagel gerissen ... und mit nach Hause. Klar, daß andern Morgen: klingelt das schon in alle Herrgottsfrühe an seine Haustür ... und steht da son Lütten und: ob er seine Mütze nicht wiederkriegen kann, und er sagt den Bauern auch, wo ein sagenhaften Schatz verborgen liegt ...

Naja, ein' Sonntag später, als ich wieder mit meine Eltern durche städtische Anlagen, habn wir nämlich jeden Sonntag unsen Spaziergang gemacht ... meisten ja nachen Mittagessen aber war nu, glaub ich noch vor 10 Uhr, also, vor sie vonne Wegereinigung durch warn mit ihre Opticker-Kolonne ... jedenfalls, seh ich da mitmal ... an so ein' Busch, also ich denk, ich hab 'n Popel in' Auge, hängt da jedenfalls sonne Zwergenmütze, wie aus zarten milchigen Glas ... richtig sonne Tarnkappe ... klar, daß ich hin ... habn meine Eltern gar nicht mitgekriegt, weil sie wieder mit ihre Diskussion' zugange, ob sie den Kristallüster bei Karstadt ... da nu zuschlagen solln oder was, und ist ein Sonderangebot ... jedenfalls, ich hin zu den Busch und die Zwergenmütze vonne Zweige gepflückt und versucht, mir das Ding, also, daß ich das über mein' Kopp ... und wollt ich de Alten son klein' Schreck einjagen, weil: kucken sich mitmal um, und ich bin unsichtbar ... mit diese Tarnkappe ... und nächsten Morgen kann ich das Ding ja eintauschen bei sein' Besitzer ... gegen ein' Schatz ... und könnten sie sich denn ja auch diesen vornehmen Kristallüster von ...

Naja, ich zieh und zieh an den klein' Ding, und zun Schluß hab ich das tatsächlich fast ... und wollte grade: juchu ... da drehn sich die Alten um ... und mit sonne Glotzaugen ... also, dachte ich natürlich, daß sie ein' Schock wegen meine Unsichtbarkeit, und wenn ein' sowas zun ersten Mal mir eigene Augen, da platzt ein' schon mal die Krawatte ... Aber nu mein Vater mit ein' Satz auf mich los und reißt mir die Zwergenmütze runter und ... jedenfalls hat sie weggeschmissen, und meine Mutter ganz laut: ob ich Aids kriegen will ... und sowas an Perversität, und das bei ein Kind: hat sie noch nicht erlebt, und wer mir so ein' Schweinkram vorgeschnackt hat ... und als ich nu anfang' wollte, daß unse Lehrerin uns diese Geschichten ... und hätt ich nicht geglaubt, daß das diese Sachen ausse Märchen in echt gibt, aber sie solln sich man nicht aufregen, weil dies Ding: hat ein' irrsinnigen Wert ... also, weiter bin ich gar nicht gekomm', weil meine Alten nu beide mit ein' Wahnsinns-Gelaber auf mich los ... und die Lehrerin wollten sie anzeigen ... Klar, später hat mein Freund Werner mir denn mit seine Aufklärung, was da los ist mit diese Zwergenmützen … und daß die von' Bund, wenn sie da in ihrn Wochenendurlaub ihre Freundinn' inne Anlagen flörten … ich mein, hat mir diese Sache … meine ganze kindliche Gläubigkeit, diese idealistische Vorstellung', kaputtgehaun …